マジック・ツリーハウス

マジックは「魔法《まほう》」。ツリーハウスは「木《き》の上《うえ》の小屋《こや》」。
この物語《ものがたり》は、アメリカ・ペンシルベニア州《しゅう》に住《す》むジャックとアニーが、
魔法《まほう》のツリーハウスで、ふしぎな冒険《ぼうけん》をするお話《はなし》です。

走《はし》れ犬《いぬ》ぞり、命《いのち》を救《すく》え!

マジック・ツリーハウス 41

マジック・ツリーハウス41　もくじ

走れ犬ぞり、命を救え！

はしれいぬぞり、いのちをすくえ！

ペンギンのペニーをさがせ！

この本《ほん》のなかに
ペンギンのペニーがいるよ。
どこにいるかさがしてね！

おもな登場人物《とうじょうじんぶつ》

ジャック

アメリカ・ペンシルベニア州《しゅう》に住《す》む12歳《さい》の男《おとこ》の子《こ》。本《ほん》を読《よ》むのが大好《だいす》きで、見《み》たことや調《しら》べたことを、すぐにノートに書《か》くくせがある。

アニー

ジャックの妹《いもうと》。空想《くうそう》や冒険《ぼうけん》が大好《だいす》きで、いつも元気《げんき》な11歳《さい》の女《おんな》の子《こ》。どんな動物《どうぶつ》ともすぐ仲《なか》よしになり、勝手《かって》に名《な》まえをつけてしまう。

モーガン・ルー・フェイ

ブリテンの王《おう》・アーサーの姉《あね》。魔法《まほう》をあやつり、世界《かい》じゅうのすぐれた本《ほん》を集《あつ》めるために、マジック・ツリーハウスで旅《たび》をしている。

マーリン

偉大《いだい》な予言者《よげんしゃ》にして、世界最高《せかいさいこう》の魔法使《まほうつか》い。アーサー王《おう》が国《くに》をおさめるのを手助《てだす》けしている。とんがり帽子《ぼうし》がトレードマーク。

テディ

モーガンの図書館《としょかん》で助手《じょしゅ》をしながら、魔法《まほう》を学《まな》ぶ少年《しょうねん》。かつて、変身《へんしん》に失敗《しっぱい》して子犬《こいぬ》になってしまい、ジャックとアニーに助《たす》けられた。

キャスリーン

陸上《りくじょう》にいるときは人間《にんげん》、海《うみ》にはいるとアザラシに変身《へんしん》する妖精《ようせい》セルキーの少女《しょうじょ》。聖剣《せいけん》エクスカリバー発見《はっけん》のときに大活躍《だいかつやく》した。

これまでのお話《はなし》

　ジャックとアニーは、ペンシルベニア州《しゅう》フロッグクリークに住《す》む、仲《なか》よし兄妹《きょうだい》。

　ふたりは、ある日《ひ》、森《もり》のカシの木《き》のてっぺんに、小《ち》さな木《き》の小屋《こや》があるのを見《み》つけた。中《なか》にあった恐竜《きょうりゅう》の本《ほん》を見《み》ていると、突然《とつぜん》小屋《こや》がぐるぐるとまわりだし、本物《ほんもの》の恐竜《きょうりゅう》の時代《じだい》へと、まよいこんでしまった。この小屋《こや》は、時空《じくう》をこえて、知《し》らない世界《せかい》へ行《い》くことができる、**マジック・ツリーハウス**（魔法《まほう》の木《き》の上《うえ》の小屋《こや》）だったのだ。

　ジャックたちは、ツリーハウスで、さまざまな時代《じだい》のいろいろな場所《ばしょ》へ、冒険《ぼうけん》に出《で》かけた。やがてふたりは、魔法使《まほうつか》いのモーガンや、モーガンの友人《ゆうじん》マーリンから、特別《とくべつ》な任務《にんむ》をあたえられるようになった。そして、魔法《まほう》と伝説《でんせつ》の世界《せかい》の友《とも》だち、テディとキャスリーンに助《たす》けられながら、自分《じぶん》たちで魔法《まほう》を使《つか》うことも学《まな》んだのだった――。

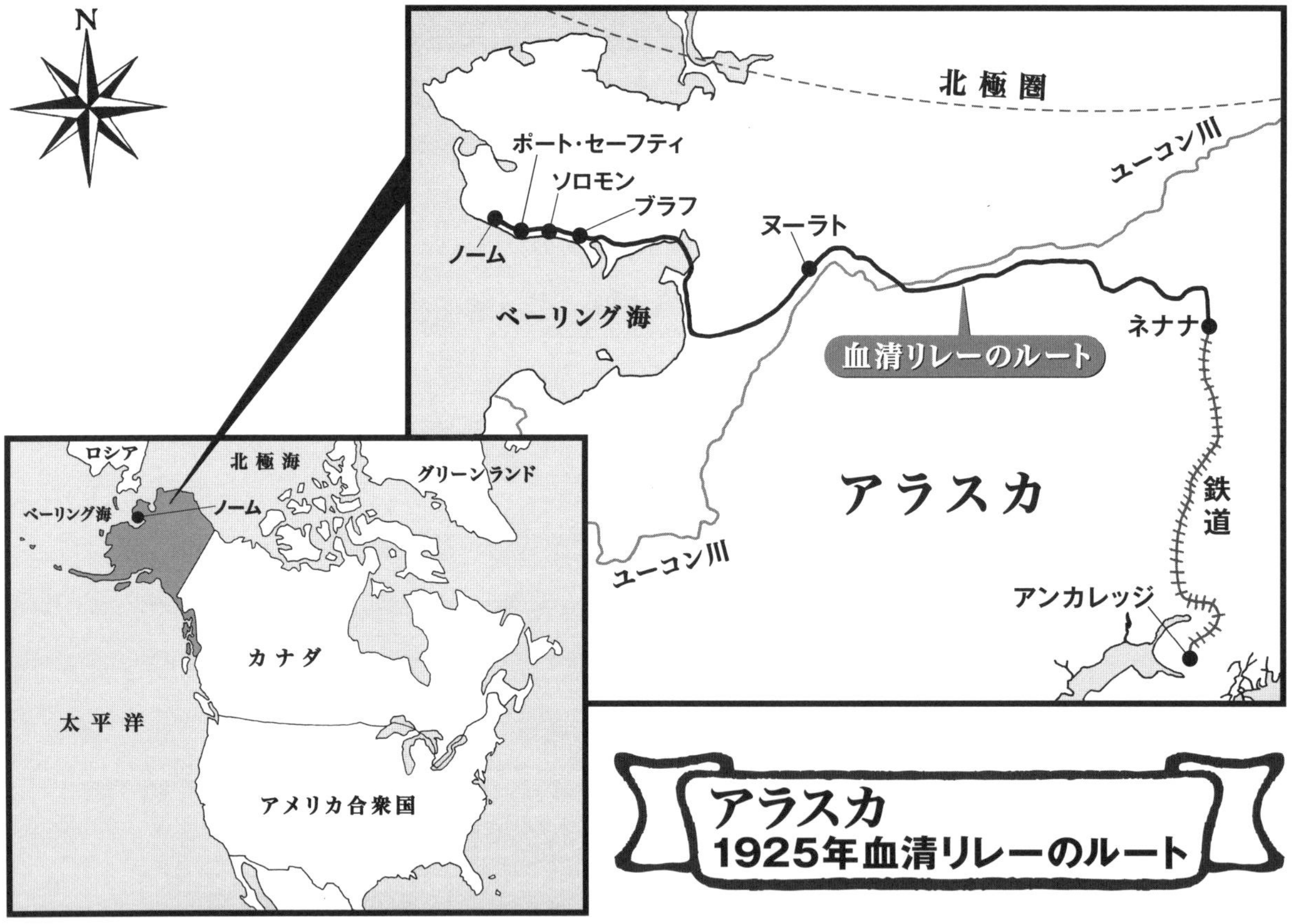
N
北極圏
ポート・セーフティ
ソロモン
ブラフ
ノーム
ヌーラト
ユーコン川
ベーリング海
ネナナ
血清リレーのルート
アラスカ
鉄道
ユーコン川
アンカレッジ
ロシア
北極海
グリーンランド
ベーリング海
ノーム
カナダ
太平洋
アメリカ合衆国
アラスカ
1925年血清リレーのルート

［第41巻］

走れ犬ぞり、命を救え！

はしれいぬぞり、いのちをすくえ！

二月《がつ》のアラスカへ

ある晴《は》れた日《ひ》の午後《ごご》、ジャックは、玄関《げんかん》ポーチで本《ほん》を読《よ》んでいた。

ふと顔《かお》をあげると、太陽《たいよう》がもう、西《にし》に傾《かたむ》きはじめている。

日《ひ》が短《みじか》くなったな、とジャックは思《おも》った。

このまえマジック・ツリーハウスで冒険《ぼうけん》に出《で》かけたのは、モーガンとマーリンからのプレゼントで、カリブ海《かい》へバカンスに行《い》ったときだ。あれは真夏《まなつ》だった。

（あれからだいぶたつけど、キャメロットのみんなは元気《げんき》かなあ……）

ジャックが、空《そら》を見上《みあ》げながら、そんなことを考《かんが》えていると、玄関《げんかん》のドアが開《あ》いて、アニーが顔《かお》をのぞかせた。

「お兄《にい》ちゃん、なにしてるの？」

「ちょっと考《かんが》えごとを……」

「ねえ。もうすこししたら、自転車《じてんしゃ》でひとまわりしてこない？」

「行《い》くなら、いま行《い》こう。このごろ暗《くら》くなるのが早《はや》いから」

「じゃ、わたし、ヘルメットを取《と》ってくる！」

アニーは家《いえ》の中《なか》にはいると、キッチンに向《む》かって声《こえ》をかけた。

「ママ。自転車《じてんしゃ》でちょっと走《はし》ってくる！」

「行《い》ってらっしゃい。車《くるま》に気《き》をつけてね」

「はあい！」

アニーが、ヘルメットを二《ふた》つ、手《て》に持《も》って出《で》てきた。

ふたりはヘルメットをかぶり、自転車《じてんしゃ》をおして道路《どうろ》に出《で》た。

となりの犬《いぬ》のヘンリーが、ふたりを見《み》つけて、ワン！とほえた。

「ヘンリー、またあとでね」

アニーが手《て》をふると、ヘンリーも、ぱたぱたとしっぽをふった。

走《はし》りはじめてすぐに、プードルをつれた女《おんな》の人《ひと》と、すれちがった。

「こんにちは！」

あいさつすると、女《おんな》の人《ひと》も、にっこり笑《わら》ってこたえてくれた。

プードルは、アニーのほうをちらちらと見《み》ながら、優雅《ゆうが》に歩《ある》き去《さ》った。

そのうしろ姿《すがた》を見送《みおく》りながら、アニーが言《い》った。

「うちにも、犬《いぬ》がいたらなあ……」

「そうだね。飼《か》うとしたら、アニーはどんな犬《いぬ》を飼《か》いたい？」

「どんな犬《いぬ》でもいいわ。犬《いぬ》はぜーんぶ好《す》きだから」

「たとえばさ、大型犬《おおがたけん》？　小型犬《こがたけん》？」

「どっちも！　大型犬《おおがたけん》と小型犬《こがたけん》と、できたら、中型犬《ちゅうがたけん》も飼《か》いたいわ！」

ジャックは、思《おも》わず吹《ふ》きだした。

「あははは、三匹《さんびき》も？　ぼくは、一匹《いっぴき》でいいと思《おも》うよ」

そのときだった。アニーが、「あっ！」とさけんで、急《きゅう》ブレーキをかけた。

「どうしたの？」

「流《なが》れ星《ぼし》みたいな光《ひかり》が、森《もり》の中《なか》へ吸《す》いこまれていったの。マジック・ツリーハウスが森《もり》に来《き》たのよ！」

「ほんとに？」

「ほんとよ！　それに、今日《きょう》は、ずっとそんな予感《よかん》がしてたの。お兄《にい》ちゃん、早《はや》く森《もり》へ行《い》ってみましょ！」

そう言《い》うと、アニーは、自転車《じてんしゃ》を森《もり》の方向《ほうこう》に向《む》け、猛《もう》スピードで走《はし》りだした。

ジャックも、いそいであとを追《お》う。

森《もり》の中《なか》では、虫《むし》たちがにぎやかに鳴《な》いていた。

落《お》ち葉《ば》や木《き》の根《ね》の上《うえ》を、自転車《じてんしゃ》をカタカタと走《はし》らせて、ふたりはまもなく、森《もり》でいちばん高《たか》いカシの木《き》の下《した》に着《つ》いた。

見上《みあ》げると、カシの木《き》のてっぺんに、マジック・ツリーハウスがのっている。

「ほらね。言《い》ったとおりでしょ？」アニーが、得意《とくい》げに言《い》う。

「うん。アニーの勘《かん》は、ほんとうによくあたるね」

「おーい、ジャック、アニー！」

ツリーハウスの窓《まど》から、テディが顔《かお》を出《だ》した。

「いまちょうど、ふたりを呼《よ》びに行《い》こうと思《おも》ってたんだ。早《はや》くあがってきて！」

ジャックとアニーは、自転車《じてんしゃ》をその場《ば》に止《と》めて、なわばしごをのぼった。

ツリーハウスにはいると、ジャックが言《い》った。

「テディ、ひさしぶり！」

「うん。ふたりとも、元気《げんき》だったかい？」

「元気《げんき》よ！　キャメロットのみんなも、元気《げんき》？」と、アニー。

「みんな変《か》わりないよ。ところで、さっそくなんだけど、いますぐに、ふたりに行《い》ってもらいたいところがあるんだ」

　アニーが、目《め》を輝《かがや》かせた。

「もしかして、新《あたら》しい任務《にんむ》？」

「うん。このまえはバカンスだったけど、こんどは正真正銘《しょうしんしょうめい》の任務《にんむ》だよ。行《い》き先《さき》は、北極圏《ほっきょくけん》にある、とある海《うみ》ぞいの町《まち》だ」

　テディが、マントの下《した》から、小《ちい》さな本《ほん》を取《と》りだした。表紙《ひょうし》には『アラスカ』と書《か》いてある。

「アラスカって……」と、アニーが考《かんが》えながら言《い》った。

「アメリカ大陸《たいりく》の、北《きた》のはずれにある州《しゅう》でしょう？　わたしたち、今回《こんかい》はそこへ行《い》くのね？」

「うん。きみたちが行《い》くのは、一九二五年二月《がつ》のアラスカだ」

「二月《がつ》のアラスカといったら、ものすごく寒《さむ》いんじゃない？」と、ジャック。

「そうだね。なんでも、そこに、命《いのち》の危険《きけん》にさらされている人《ひと》たちがいるらしい。その人《ひと》たちを助《たす》けに行《い》ってほしい、って、マーリン先生《せんせい》が」

「命《いのち》の危険《きけん》にさらされている人《ひと》たちを助《たす》ける？　それは、すごく重大《じゅうだい》な任務《にんむ》じゃないか。ぼくたちで役《やく》に立《た》つのかな……」

「任務《にんむ》に必要《ひつよう》なものを、モーガン先生《せんせい》とマーリン先生《せんせい》から、あずかってきたよ」

テディが、マントの下《した》から、金色《きんいろ》に輝《かがや》く小《こ》びんを取《と》りだして、ジャックにわたした。

「一《ひと》つはこれ。モーガン先生《せんせい》からだ」

ジャックが、ふたを開《あ》けようとすると、テディがあわてて止《と》めた。

「まだ開《あ》けないで！　中《なか》にはいっているのは、とてもめずらしい、魔法《まほう》の金《きん》の粉《こな》で、ほんのすこししかはいっていないんだ」

「魔法《まほう》の金《きん》の粉《こな》？　これは、なにに使《つか》うの？」

「まえに、魔法《まほう》の霧《きり》を使《つか》って、特別《とくべつ》な能力《のうりょく》を身《み》につけたことがあっただろう？」

「ああ……まだ少年《しょうねん》だったアレクサンドロス大王《だいおう》に会《あ》ったとき、馬《うま》の調教師《ちょうきょうし》になったっけ」と、ジャック。

「ニューヨークでは、マジシャンになって、舞台《ぶたい》に立《た》ったわ」アニーも言《い》った。

「そうそう。エジプトでは、一流《いちりゅう》のロッククライマーになったし、サッカーワールドカップのメキシコ大会《たいかい》に行《い》ったときは、ペレみたいなサッカー選手《せんしゅ》になったよ」

「うん。それで、モーガン先生《せんせい》がおっしゃるには――」

テディが、モーガンの口調《くちょう》をまねて言《い》った。

「『あのときとおなじように、この粉《こな》を自分《じぶん》たちにふりかけて、ねがいをとなえると、特別《とくべつ》な能力《のうりょく》がそなわりますが、使《つか》えるのは一度《いちど》だけです。そして、十二時間《じゅうにじかん》たつと、魔法《まほう》の力《ちから》は消《き》えてしまいます』」

「十二時間《じゅうにじかん》も！　まえは、たったの一時間《いちじかん》だったわ」アニーが、口《くち》をはさんだ。

「『それから、その能力《のうりょく》は、だれかの命《いのち》を救《すく》うためにしか使《つか》えません』」

ジャックがまとめた。

「つまり、この粉《こな》をふりかけると、十二時間特別《じゅうにじかんとくべつ》な能力《のうりょく》をもった人間《にんげん》になれる。でも、その魔法《まほう》は、一回《いっかい》しか使《つか》えなくて、しかもその能力《のうりょく》は、だれかの命《いのち》を救《すく》うためにしか使《つか》えない」

「そういうことだね」

テディは、もう一度《いちど》マントの下《した》に手《て》を入《い》れ、美《うつく》しく光《ひか》る青《あお》い小《こ》びんを取《と》りだした。

「そして、もう一《ひと》つはこれ。マーリン先生《せんせい》からだ」

「きれいな色《いろ》……」

受《う》けとったアニーは、小《こ》びんをうっとりとながめた。

テディが説明《せつめい》する。

「このびんの中《なか》には、魔法《まほう》の銀《ぎん》の粉《こな》がはいっている。ねがいをとなえて、これを空中《くうちゅう》にふりまくと、そこにいる人々《ひとびと》の記憶《きおく》から、きみたちを消《け》すことができる」

「人々《ひとびと》の記憶《きおく》から、ぼくたちを消《け》す？」

「うん。きみたちに出会《であ》ったこと、きみたちがそこにいたことを、だれも覚《おぼ》えていないようにするんだよ」

「どうして、そんなことをするの？」と、アニー。

ALASKA

「マーリン先生《せんせい》がおっしゃるには――」

テディが、こんどは、マーリンの声《こえ》をまねて言《い》った。

「『アラスカの人々《ひとびと》は、自分《じぶん》たちの力《ちから》でなんとかしようと、必死《ひっし》にがんばっている。ジャックたちに、それを手助《てだす》けしてもらいたいのじゃ。だが、アラスカの人々《ひとびと》には、魔法《まほう》の手助《てだす》けがあったということを、気《き》づかせたくない。自分《じぶん》たちだけの力《ちから》で、困難《こんなん》を乗《の》りこえたと思《おも》ってもらいたいのじゃよ』」

「ふうん……。それで、これも一回《いっかい》しか使《つか》えないの？」アニーが聞《き》いた。

「『この粉《こな》は、必要《ひつよう》なときに、なん回《かい》でも使《つか》ってよい』とおっしゃってたよ」

「よくわかった。金《きん》の粉《こな》は、特別《とくべつ》な能力《のうりょく》を身《み》につけるためで、一回《いっかい》しか使《つか》えない。銀《ぎん》の粉《こな》は、人々《ひとびと》の記憶《きおく》からぼくたちのことを消《け》すためで、なん回《かい》でも使《つか》える」

「そのとおり」

ジャックは、小《こ》びんをしまおうとして、リュックを持《も》ってこなかったことに気《き》づいた。

「リュックがないから、手《て》わけして持《も》っていこう」

すると、アニーがすかさず言《い》った
「わたし、青《あお》いびんを持《も》ちたいわ。だって、とってもきれいなんだもの」

「いいよ」

ジャックが、金色《きんいろ》のびんをジーンズのポケットにしまうと、アニーも、銀《ぎん》の粉《こな》のはいった青色《あおいろ》のびんを、自分《じぶん》のパーカのポケットに入《い》れた。

「それじゃ、気《き》をつけて！」と、テディ。

ジャックが、アラスカの本《ほん》の表紙《ひょうし》に指《ゆび》をおいて、いつもの呪文《じゅもん》をとなえた。

「ここへ、行《い》きたい！」

そのとたん、風《かぜ》が巻《ま》きおこった。

ツリーハウスが、いきおいよくまわりはじめた。

回転《かいてん》はどんどんはやくなる。

ジャックは思《おも》わず目《め》をつぶった。

やがて、なにもかもが止《と》まり、静《しず》かになった。

なにも聞《き》こえない。

だれもいない町《まち》

「うわあ、寒《さむ》――い！」

アニーの声《こえ》で、ジャックは目《め》を開《あ》けた。

アニーが、まっ白《しろ》な息《いき》をはきながら言《い》った。

「わたしたち……、まるで……クマのぬいぐるみよ！」

見《み》ると、ふたりとも、フードのついた毛皮《けがわ》のコートに、毛皮《けがわ》のズボン、ひざまである毛皮《けがわ》のブーツ、手《て》には、毛皮《けがわ》の手《て》ぶくろをはめている。そのおかげで、からだはあたたかいが、顔《かお》が凍《こお》りそうだ。

「ううー、これが、アラスカの寒《さむ》さか……」

そう言《い》いながら、ジャックは、できるだけ顔《かお》をおおうように、フードのひもを引《ひ》いて、あごの下《した》できつくしばった。

窓《まど》の外《そと》を見《み》ると、ツリーハウスは、広々《ひろびろ》とした雪原《せつげん》に立《た》つモミの木《き》の上《うえ》にあった。

風《かぜ》が吹《ふ》くたびに、吹《ふ》きあげられた雪《ゆき》がうずを巻《ま》く。

あつい雲《くも》が空《そら》をおおっている。嵐《あらし》が近《ちか》づいているのか、不気味《ぶきみ》な風《かぜ》の音《おと》がする。

遠《とお》くに、まっ白《しろ》に凍《こお》りついた海《うみ》が広《ひろ》がっている。その海岸線《かいがんせん》にそって小《ちい》さな町《まち》があった。教会《きょうかい》の塔《とう》や、小《ちい》さな家《いえ》が集《あつ》まっているのが見《み》える。

「あれが、テディが言《い》っていた『海《うみ》ぞいの町《まち》』かな」

「きっとそうよ。あそこに『命《いのち》の危険《きけん》にさらされている人《ひと》たち』がいるのね。早《はや》く助《たす》けに行《い》きましょ」

「そのまえに、あの町《まち》のことを、この本《ほん》で調《しら》べてみよう」

ジャックは、アラスカの本《ほん》を開《ひら》いた。

アラスカは、北《きた》アメリカ大陸《たいりく》の北西《ほくせい》のはしにあり、ベーリング海峡《かいきょう》をはさんでロシアと向《む》かいあう極寒《ごっかん》の地《ち》です。夏《なつ》が短《みじか》く、一年《いちねん》の大半《たいはん》は、雪《ゆき》と氷《こおり》に閉《と》ざされます。

アラスカは、かつてはロシアの領土《りょうど》でしたが、一八六七年《ねん》に、ロシア帝国《ていこく》からアメリカ合衆国《がっしゅうこく》が買《か》いとって、いまはアメリカの領土《りょうど》となっています。

面積《めんせき》は、アメリカでいちばん大《おお》きいテキサス州《しゅう》の二倍《にばい》あります。アラスカが、いつか、アメリカの正式《せいしき》な州《しゅう》になったら、アメリカ最大《さいだい》の州《しゅう》になるでしょう。

「アラスカは、今《いま》はアメリカの正式《せいしき》な州《しゅう》よ。一九二五年《ねん》には、まだ州《しゅう》じゃなかったのね」アニーが目《め》を丸《まる》くした。

ジャックが、つづきを読《よ》みあげる。

アラスカに人《ひと》が暮《く》らしはじめたのは、一万数千年《いちまんすうせんねん》まえといわれています。かつて、ユーラシア大陸《たいりく》のロシアと、北《きた》アメリカ大陸《たいりく》のアラスカは、陸《りく》つづきでした。そのころに、ユーラシア大陸《たいりく》からアラスカへ、マンモスや犬《いぬ》などの動物《どうぶつ》といっしょに、人間《にんげん》も移動《いどう》してきたと考《かんが》えられています。

アラスカに住《す》みついた人々《ひとびと》は、植物《しょくぶつ》がほとんど育《そだ》たないきびしい自然《しぜん》の中《なか》で、魚《さかな》やアザラシなどを食料《しょくりょう》にして、生《い》きのびてきました。

この人々《ひとびと》が、エスキモーなど、アラスカ先住民《せんじゅうみん》の祖先《そせん》です。


「人間《にんげん》と犬《いぬ》は、ユーラシア大陸《たいりく》から、いっしょにやってきたのね！」と、アニー。

「それで、あの町《まち》のことは、なんて書《か》いてある？」

ジャックは、本《ほん》のページをめくって、目《め》のまえの光景《こうけい》を示《しめ》す写真《しゃしん》をさがしたが、見《み》つからなかった。

「やっぱり、町《まち》へ行《い》ってみましょ！」

なわばしごに向《む》かうアニーを、ジャックが引《ひ》きとめた。

「ちょっと待《ま》って！　モーガンとマーリンがくれた魔法《まほう》の粉《こな》は……」

ジャックは、手《て》ぶくろをはずして、あちこちをさぐった。

「あった！　コートのポケットにはいってたよ」

ジャックが、ポケットの中《なか》から、金色《きんいろ》のびんを取《と》りだした。

「わたしのも、ここに」

アニーも、ポケットから、青色《あおいろ》のびんを取《と》りだした。

「このびん、ほんとうにきれいだわ」

アニーは、また、青色《あおいろ》の小《こ》びんをうっとりとながめた。

「それじゃ、大事《だいじ》な魔法《まほう》の粉《こな》のびんをちゃんとしまって、出発《しゅっぱつ》だ！」

ジャックとアニーは、それぞれの小《こ》びんをふたたびポケットにしまい、毛皮《けがわ》の手《て》ぶくろをはめなおした。

アニーが、なわばしごをつかんで、地面《じめん》におりていった。

ジャックは、コートの反対側《はんたいがわ》のポケットにアラスカの本《ほん》をおしこみ、アニーのあとにつづいて、なわばしごをおりた。

地面《じめん》におりると、雪《ゆき》の上《うえ》をわたってくるつめたい風《かぜ》が、ほおを打《う》った。

ふたりは、頭《あたま》をさげて風《かぜ》をよけながら、町《まち》を目《め》ざして歩《ある》いていった。

途中《とちゅう》、小川《おがわ》があったが、川《かわ》の水《みず》はかたく凍《こお》っていた。

橋《はし》をわたり、小川《おがわ》にそってしばらく歩《ある》くと、町《まち》に着《つ》いた。

町《まち》はひっそりと静《しず》まりかえっていて、人《ひと》の姿《すがた》がまったく見《み》えない。

建物《たてもの》の角《かど》をまがると、商店《しょうてん》のような建物《たてもの》が並《なら》ぶ通《とお》りに出《で》た。

NOME
BAKERY
NOME

ジャックが、道路《どうろ》に立《た》っている標識《ひょうしき》を見《み》て言《い》った。

「〈中央通《ちゅうおうどお》り〉って書《か》いてある。ということは、ここは、町《まち》でいちばん人《ひと》が集《あつ》まるメインストリートだと思《おも》うんだけど……」

通《とお》りに面《めん》した店《みせ》の多《おお》くは、看板《かんばん》が傾《かたむ》いたり、窓《まど》ガラスがこわれたりしている。まるで、住人《じゅうにん》がいなくなった〈ゴーストタウン〉のようだ。

アニーが、通《とお》りを見《み》まわして言《い》った。

「お兄《にい》ちゃん、看板《かんばん》を見《み》ると、〈ノーム薬局《やっきょく》〉とか〈ノーム・クリーニング店《てん》〉とか〈ノーム・ベーカリー〉とか、〈ノーム〉がついたお店《みせ》が多《おお》いわ」

「そうだね。この町《まち》は、ノームっていうのかもしれない」

ジャックは、ポケットからアラスカの本《ほん》を取《と》りだし、ページをめくって、〈ノーム〉という町《まち》をさがした。

「あった。これだ」ジャックが、説明《せつめい》を読《よ》む。

ノームは、ベーリング海《かい》に面《めん》した、海岸《かいがん》の町《まち》です。長《なが》いあいだ、アラスカの先住《せんじゅう》民《みん》たちが、クジラやアザラシ、カニ、魚《さかな》などをとって暮《く》らしていました。

一八九八年《ねん》に、この町《まち》の近《ちか》くで金《きん》が発見《はっけん》されました。そのニュースが広《ひろ》がると、金《きん》を掘《ほ》りだして大《おお》もうけしようとする人々《ひとびと》が、おおぜいおしよせました。その数《かず》は、三万人以上《さんまんにんいじょう》といわれています。

海岸《かいがん》には、金鉱《きんこう》さがしの人々《ひとびと》のテントが並《なら》び、ノームはたちまち、アラスカ一《いち》の人口《じんこう》をかかえる町《まち》になりました。

しかし、十年《じゅうねん》とたたないうちに、金《きん》は掘《ほ》りつくされ、多《おお》くの人々《ひとびと》は町《まち》を去《さ》っていきました。

ノームは、ふたたび、辺境《へんきょう》のさびしい町《まち》になってしまいました。


「だから、町《まち》がさびれてるのね」と、アニー。

「でも、ゴーストタウンになった、とは書《か》いてないから、まだ住《す》んでいる人《ひと》がいるはずだよ。その人《ひと》たちをさがそう」

ジャックは、本《ほん》をしまって、ふたたび歩《ある》きだした。

映画館《えいがかん》らしい建物《たてもの》があったが、臨時休業《りんじきゅうぎょう》という札《ふだ》がかかっていた。

となりの〈ゴールデン・ゲート・ホテル〉も、臨時休業《りんじきゅうぎょう》と書《か》いてある。

アニーが言《い》った。

「臨時休業《りんじきゅうぎょう》っていうことは、いまだけお休《やす》みしている、っていうことでしょう？　それなら、やっぱりこの町《まち》は、ゴーストタウンじゃないんだわ」

「うん、そうだね」

しばらく歩《ある》いていくと、二階建《にかいだ》ての大《おお》きな建物《たてもの》があった。

窓《まど》から明《あ》かりがもれ、部屋《へや》の中《なか》を行《い》き来《き》する人影《ひとかげ》が見《み》えた。

「あの建物《たてもの》には、人《ひと》がいるわ」

近《ちか》くへ行《い》ってみると、〈メイナード・コロンバス病院《びょういん》〉と書《か》かれた表札《ひょうさつ》がかかっている。

「ここは病院《びょういん》か。なんでここだけ、こんなにはやってるんだろう……」

「そうね……」

さらに進《すす》むと、また札《ふだ》のかかった建物《たてもの》があった。

休《きゅう》校《こう》

伝染病《でんせんびょう》が発生《はっせい》したため、再開《さいかい》の連絡《れんらく》があるまで、学校《がっこう》は閉鎖《へいさ》します

「お兄《にい》ちゃん、ここは学校《がっこう》よ」

「ほんとだ。『伝染病《でんせんびょう》が発生《はっせい》したため、閉鎖《へいさ》』って書《か》いてある。……そうか！　だから、さっきの病院《びょういん》があんなに込《こ》んでいたんだ！」

「もしかしたら、『命《いのち》の危険《きけん》にさらされている人《ひと》たち』っていうのは、あの病院《びょういん》にいるんじゃない？」

「そうかもしれない。よし、行《い》ってみよう！」

ふたりは、いま来《き》た道《みち》を、いそいで病院《びょういん》へともどった。

血清《けっせい》は、まだか

ドアを開《あ》けて、中《なか》にはいると、待合室《まちあいしつ》は人《ひと》でいっぱいだった。

ジャックたちに気《き》づいて、部屋《へや》にいた人《ひと》たちが、いっせいにこちらを見《み》た。

だが、はいってきたのがふたりの子《こ》どもだとわかると、みんな、がっかりしたように首《くび》をふり、また下《した》を向《む》いてしまった。

待合室《まちあいしつ》は寒々《さむざむ》しく、ほとんどの人《ひと》は、コートを着《き》たまますわっていた。具合《ぐあい》が悪《わる》そうな子《こ》どもを抱《だ》きかかえている人《ひと》、うずくまってゴホゴホとせきこむ人《ひと》もいる。そのあいだを、看護師《かんごし》が歩《ある》きまわっている。

壁《かべ》ぎわに大《おお》きなラジオがあり、雑音《ざつおん》まじりの音声《おんせい》で、ニュースを伝《つた》えていた。

『ザザザ……臨時《りんじ》ニュースをお伝《つた》えします。一月末《がつすえ》から、アラスカ上空《じょうくう》には、北極方面《ほっきょくほうめん》からこの冬《ふゆ》いちばんの寒気《かんき》が流《なが》れこみ、現在《げんざい》も、大荒《おおあ》れの天気《てんき》がつづいています。今晩《こんばん》から明日《あす》にかけては、この天候《てんこう》がさらに悪化《あっか》するおそれがあり、アラスカ北西部《ほくせいぶ》、ノーム周辺《しゅうへん》では、ひどい吹雪《ふぶき》となるでしょう……』

ひとりの女《おんな》の人《ひと》が、まわりにいる人《ひと》に、話《はな》しかけるともなく話《はな》しかけた。

「ひどい吹雪《ふぶき》になるって？　犬《いぬ》ぞりは、だいじょうぶかねえ……」

それを聞《き》いて、待合室《まちあいしつ》がざわつきはじめた。

ぐったりした子《こ》どもを抱《だ》いた男《おとこ》の人《ひと》が、看護師《かんごし》の女《おんな》の人《ひと》にすがるように言《い》った。

「看護師《かんごし》さん、看護師《かんごし》さん。血清《けっせい》が届《とど》かないなんてことは、ねえよな。血清《けっせい》が来《こ》なかったら……うちの子《こ》は……」

ジャックとアニーは、顔《かお》を見合《みあ》わせた。

「犬《いぬ》ぞり？　血清《けっせい》？　どういうこと？」

「さあ。ぼくにもわからない」

看護師《かんごし》が、みんなをなだめるように言《い》った。

「みなさん、落《お》ちついて！　ジフテリアの血清《けっせい》は、優秀《ゆうしゅう》な犬《いぬ》ぞりチームが、夜昼関係《よるひるかんけい》なく、必死《ひっし》に走《はし》って運《はこ》んでるんです。血清《けっせい》が届《とど》けば、ここにいる人《ひと》は、みんな助《たす》かります。あと、もうすこしのしんぼうです。気《き》を強《つよ》くもって、がんばりましょうね」

それを聞《き》いたジャックが、アニーにそっと耳打《みみう》ちした。

「アニー、わかったよ。いま、この町《まち》では、ジフテリアっていう伝染病《でんせんびょう》がはやってるんだ。ジフテリアは、のどがはれあがって、呼吸《こきゅう》ができなくなる、おそろしい病気《びょうき》だ。ぼくたちは、予防接種《よぼうせっしゅ》を受《う》けているから、だいじょうぶだけどね」

「えっ、そうなの？　よかった！　でも、どうしてなおせないの？　ここは病院《びょういん》でしょう？」

「どうも、その治療《ちりょう》に必要《ひつよう》な薬《くすり》のようなものを、どこかから取《と》りよせているらしい。ここにいる人《ひと》たちは、その薬《くすり》が届《とど》くのを待《ま》ってるんだよ」

「ああ、だから、さっきわたしたちがはいって来《き》たとき、みんな、こっちを見《み》たのね」

ジャックは、窓《まど》の外《そと》を見《み》た。雪《ゆき》が風《かぜ》に舞《ま》っている。

そのとき、ひとりの少年《しょうねん》が、ふたりのほうに近《ちか》づいてきた。

少年《しょうねん》は、ジャックとおない年《どし》ぐらいで、黒《くろ》い髪《かみ》に黒《くろ》いひとみ、日焼《ひや》けした精《せい》かんな顔立《かおだ》ちから、アラスカ先住民《せんじゅうみん》の血《ち》を引《ひ》いているとわかる。

「おまえたち、どこの地区《ちく》から来《き》たんだ？　おまえたちも、ジフテリアにかかっちまったのか？」

アニーがこたえた。

「わたしたちは、患者《かんじゃ》じゃないわ。わたしはアニー、こっちは兄《あに》のジャックよ。アメリカの本土《ほんど》から来《き》たの。なにか手伝《てつだ》えることはないかと思《おも》って」

「そうか。おれはオーキ。母《かあ》さんと妹《いもうと》がジフテリアになっちまって、ここに入院《にゅういん》してるんだ」

ジャックが、同情《どうじょう》して言《い》った。

「たいへんだね。お母《かあ》さんと妹《いもうと》さんの具合《ぐあい》はどうなの？」

「苦《くる》しそうで、見《み》てられねえ……。はやく治療《ちりょう》しないと、命《いのち》もあぶねえんだ。血清《けっせい》さえあれば、すぐになおるんだけど、この町《まち》には血清《けっせい》がねえんだよ。いまも、患者《かんじゃ》はどんどんふえてる」

オーキは、待合室《まちあいしつ》を見《み》まわした。

「それで、ウェルチ先生《せんせい》と市長《しちょう》さんが、保健局《ほけんきょく》に、血清《けっせい》を送《おく》ってくれるようにたのんだんだ。血清《けっせい》は、アンカレッジからネナナまで汽車《きしゃ》で運《はこ》んで、ネナナからノームまで、犬《いぬ》ぞりのリレーで運《はこ》んでる。五日《いつか》まえ、最初《さいしょ》のチームがネナナの町《まち》を出《で》て、もう、すぐ近《ちか》くまで来《き》てるらしい。順調《じゅんちょう》にいけば、今夜《こんや》か、明日《あした》の朝《あさ》までには届《とど》くっていわれてるんだ」

そのとき、廊下《ろうか》の奥《おく》から、男性《だんせい》の大声《おおごえ》が聞《き》こえてきた。

「もしもし！　もしもし！　わたしの声《こえ》が聞《き》こえるかね？」

「あれは、市長《しちょう》さんの声《こえ》だ。なにがあったんだろう！」

オーキが、声《こえ》のする部屋《へや》へと走《はし》っていった。

ジャックとアニーも、あとを追《お》った。

部屋《へや》をのぞくと、背広《せびろ》を着《き》た男性《だんせい》が、必死《ひっし》の形相《ぎょうそう》で、黒《くろ》い電話機《でんわき》をつかんでいた。白衣《はくい》を着《き》た医師《いし》と看護師《かんごし》が、心配《しんぱい》そうに見守《みまも》っている。

机《つくえ》にはアラスカの地図《ちず》が広《ひろ》げてあり、一本《いっぽん》の赤《あか》い線《せん》がノームの町《まち》まで引《ひ》かれている。

背広《せびろ》の男性《だんせい》が、その地図《ちず》を見《み》ながら、どなった。

「もしもし！　ソロモンの役場《やくば》かね？　こちらは、ノーム市長《しちょう》のメイナードだ！　血清《けっせい》を積《つ》んだそりは、まだソロモンには着《つ》いていないと思《おも》うが」

相手《あいて》がこたえたらしく、市長《しちょう》は、受話器《じゅわき》に耳《みみ》を傾《かたむ》けている。

Arctic Circle
Port Safety
Solomon
Bluff
Nome
Nenana
Alaska

「ああ、わかってる。血清《けっせい》は、今夜《こんや》、ブラフでグンナー・カーセンが引《ひ》きつぎ、ソロモンを経由《けいゆ》して、ポート・セーフティまで運《はこ》ぶことになっている。しかし、予報《よほう》によると、そのころには、とんでもない猛吹雪《もうふぶき》になるそうだ。だから、彼《かれ》がソロモンに着《つ》いたら、吹雪《ふぶき》がおさまるまで、そこで待機《たいき》するようにと、伝《つた》えてほしいのだ！」

「な、なんだって!?」

オーキが飛《と》びあがった。

市長《しちょう》が、また大声《おおごえ》で言《い》った。

「むろん、血清《けっせい》はいますぐほしい。すでに、五人《ごにん》の死者《ししゃ》が出《で》ているんだ。一刻《いっこく》をあらそう状況《じょうきょう》に変《か》わりはない。だが、今夜《こんや》来《く》る吹雪《ふぶき》は、これまで経験《けいけん》したことがないほどひどいらしい。もし、グンナーが無理《むり》をして遭難《そうなん》でもしたら、われわれは、大事《だいじ》な血《けっ》清《せい》をすべて失《うしな》うことになるのだよ！　そうなれば、一万人《いちまんにん》の死者《ししゃ》が出《で》るといわれている！　血清《けっせい》の到着《とうちゃく》が一日《いちにち》おくれる被害《ひがい》とは、くらべものにならん。とにかく、血清《けっせい》が安全《あんぜん》に届《とど》くことを優先《ゆうせん》するようにという、アラスカ保健局《ほけんきょく》の命令《めいれい》なんだ！」

がまんできなくなったオーキが、部屋《へや》の中《なか》に飛《と》びこんでさけんだ。

「市長《しちょう》さん！　犬《いぬ》ぞりをおくらせるなんて、だめだ！　今夜《こんや》血清《けっせい》が届《とど》かなかったら、母《かあ》さんと妹《いもうと》が死《し》んじまう！　なにがなんでも届《とど》けるように言《い》ってくれよ！」

だが、市長《しちょう》は、片手《かたて》をあげてオーキをだまらせると、「じゃあ、くれぐれもたのんだよ」と言《い》って、電話《でんわ》を切《き》ってしまった。

オーキは、白衣《はくい》の医師《いし》にすがりついた。

「ウェルチ先生《せんせい》、なんとか言《い》って！　このていどの吹雪《ふぶき》なんて、グンナー・カーセンには、なんでもないって！　だれよりも強《つよ》くて、だれよりも経験《けいけん》のあるマッシャーだから、きっと、きっと、血清《けっせい》を届《とど》けてくれるって……」

アニーが、ジャックにたずねた。

「お兄《にい》ちゃん、マッシャーって、なに？」

「犬《いぬ》ぞりを操縦《そうじゅう》する人《ひと》のことみたいだ」

少年《しょうねん》は、泣《な》きながらうったえたが、医師《いし》は、少年《しょうねん》の肩《かた》をたたいてこう言《い》った。

「みんな、どうするのがいちばんいいか考《かんが》えながら、がんばっているんだ。お母《かあ》さんと妹《いもうと》のことは、わたしたちにまかせて、きみは家《いえ》に帰《かえ》りなさい」

看護師《かんごし》の女性《じょせい》が、オーキの腕《うで》を取《と》った。

「先生《せんせい》の言《い》うとおりよ。ここにいたら、あなたまでジフテリアになってしまうわ。心《しん》配《ぱい》しないで。血清《けっせい》が届《とど》きさえすれば、お母《かあ》さんも妹《いもうと》さんも、助《たす》かるのだから」

そう言《い》って、オーキとジャック、アニーを部屋《へや》の外《そと》に出《だ》し、ドアを閉《し》めてしまった。

オーキは、こぶしをふりあげてうったえた。

「『血清《けっせい》が届《とど》きさえすれば』って言《い》うくせに、その血清《けっせい》をおくらせせんのかよ！」

ジャックが、なだめにかかった。

「おくれるって言《い》っても、吹雪《ふぶき》がおさまるまでのことだろう？」

「それじゃおそいんだ！　今晩《こんばん》じゅうに、血清《けっせい》がいるんだよ！」

オーキは、こぶしでひざをたたいて、声《こえ》をふるわせた。

「時間《じかん》がねえんだ。母《かあ》さんたちより一日《いちにち》早《はや》く発症《はっしょう》した女《おんな》の子《こ》が、今朝《けさ》死《し》んだ。だから、今晩《こんばん》じゅうに血清《けっせい》が届《とど》かねえと、つぎは母《かあ》さんたちが……！」

「でも、お医者《いしゃ》さまと看護師《かんごし》さんが、ついていてくれるんだし……」

アニーもなぐさめようとしたが、オーキはそれをさえぎって、さけんだ。

「ウェルチ先生《せんせい》だって、血清《けっせい》が来《こ》なければ、なんにもできやしねえ！　母《かあ》さんたちが死《し》んでいくのを、見《み》てることしかできねえんだ！」

ジャックもアニーも、それ以上《いじょう》なにも言《い》えず、だまってしまった。

オーキが突然《とつぜん》、なにかを思《おも》いついたように顔《かお》をあげた。

「そうだ……！　よし、こうしちゃいられねえ！」

そうつぶやくと、オーキは、出入口《でいりぐち》に向《む》かって走《はし》りだした。

「オーキは、どうするつもりなんだろう」

ジャックがとまどっていると、アニーが言《い》った。

「オーキを止《と》めなくちゃ！　なにか危険《きけん》なことをするつもりよ！」

「でも、ぼくたちの任務《にんむ》は、どうするんだ？　ぼくたちは、『**命《いのち》の危険《きけん》にさらされている人《ひと》たち**』を助《たす》けるために来《き》たんだぞ」

「オーキを止《と》めるのが先《さき》よ！」

そうさけぶと、アニーはオーキを追《お》って、外《そと》へ飛《と》びだしていった。

しかたなく、ジャックも病院《びょういん》を出《で》た。

無謀《むぼう》な計画《けいかく》

外《そと》は、かなり暗《くら》くなっていた。

「あそこよ！」

アニーが指《ゆび》さした先《さき》に、オーキのうしろ姿《すがた》が見《み》えた。

ふたりは、オーキを追《お》いかけた。だが、吹《ふ》きつける雪《ゆき》で、思《おも》うように進《すす》めない。そのうえ、空気《くうき》がつめたすぎて、息《いき》を吸《す》うと、胸《むね》がきりきりといたんだ。

「オーキ！　待《ま》って！」

アニーのさけぶ声《こえ》に、オーキが気《き》づいてふりかえった。

ようやくオーキに追《お》いつくと、アニーが言《い》った。

「オーキ、無茶《むちゃ》なことはしないで」

「ぼくたちにできることがあったら、手伝《てつだ》うから」ジャックも言《い》う。

「おまえらの手伝《てつだ》いなんか、必要《ひつよう》ない。いまノームに必要《ひつよう》なのは、血清《けっせい》だけだ！」

オーキは、そう言《い》いきると、また、すたすたと歩《ある》きだした。

ジャックとアニーは、オーキをなだめようと、横《よこ》に並《なら》んで話《はな》しかけた。

「血清《けっせい》は、どうして飛行機《ひこうき》で運《はこ》ばなかったんだい？」ジャックが聞《き》いた。

「最初《さいしょ》は、そういう案《あん》もあったらしい。でも、エンジンが凍《こお》りついて、飛《と》べなかったんだって。だいいち、地上《ちじょう》でも、れい下《か》なん十度《じゅうど》にもなるんだ。上空《じょうくう》はもっと気温《きおん》が下《さ》がる。操縦席《そうじゅうせき》は吹《ふ》きっさらしだ。パイロットはこごえ死《し》んじまう」

三人《さんにん》は、海岸《かいがん》の道《みち》を歩《ある》いていた。

「船《ふね》じゃ、だめだったの？」と、アニー。

「見《み》てみろよ」オーキが、海《うみ》を指《ゆび》さした。

「沖《おき》まで凍《こお》ってるだろ？　十二月《がつ》から五月《がつ》までは、船《ふね》も来《こ》ねえ」

「この雪《ゆき》じゃ、自動車《じどうしゃ》も無理《むり》だね」と、ジャック。

「だから、冬《ふゆ》のアラスカじゃ、犬《いぬ》ぞりがたった一《ひと》つの交通手段《こうつうしゅだん》なんだ。冬《ふゆ》のあいだも、町《まち》から町《まち》へ、郵便《ゆうびん》だけは運《はこ》ばなくちゃなんねえから、〈トレイル〉っていう、郵便物《ゆうびんぶつ》を運《はこ》ぶ犬《いぬ》ぞり用《よう》の道《みち》がある。血清《けっせい》はいま、そのトレイルを使《つか》って運《はこ》んでるんだ」

「オーキは、グンナー・カーセンっていう人《ひと》を、よく知《し》ってるの？」

「ネナナからノームまで血清《けっせい》を運《はこ》ぶために、どんな吹雪《ふぶき》の中《なか》でも走《はし》れる犬《いぬ》ぞりチームが、二十チーム選《えら》ばれたんだ。そんなかでも、グンナー・カーセンは、とびきりすげえマッシャーだ。あっちこっちで開《ひら》かれる犬《いぬ》ぞりレースでも、かぞえきれねえくらい優勝《ゆうしょう》してる。そのグンナー・カーセンが、ブラフの町《まち》で血清《けっせい》を受《う》けとって、ソロモンの町《まち》を通《とお》って、ポート・セーフティまで走《はし》って、そこで最後《さいご》のマッシャーに血清《けっせい》をわたすことになってるんだ」

オーキが、話《はなし》をつづける。

「犬《いぬ》ぞりは、マッシャーの腕《うで》もあるけど、犬《いぬ》も優秀《ゆうしゅう》じゃなきゃだめだ。とくに、いちばんまえを走《はし》るリード犬《けん》の役割《やくわり》は、ものすごく大《おお》きい。グンナー・カーセンが選《えら》んだリード犬《けん》バルトは、頭《あたま》もいいし、力《ちから》も強《つよ》い。だから、カーセンを足止《あしど》めする必要《ひつよう》なんかないんだ！」

アニーが、ジャックに顔《かお》をよせて聞《き》いた。

「お兄《にい》ちゃん、バルトっていう名《な》まえ、どこかで聞《き》いたことない？」

「そういえば、どこかで……」

ジャックは考《かんが》えていたが、はっと思《おも》いだして言《い》った。

「ニューヨークのセントラル・パークに、銅像《どうぞう》が建《た》ってる犬《いぬ》だ！　そうか、バルトは、このときの犬《いぬ》か……」

アニーが、思《おも》いきってたずねた。

「それで、オーキは、どうするつもりなの？」

「血清《けっせい》がソロモンで足止《あしど》めされるなら、いまからおれがソロモンへ、血清《けっせい》を取《と》りに行《い》く！」

「ちょ、ちょっと待《ま》って！」ジャックが、おどろいてさけんだ。

「これからどんどん天気《てんき》が悪《わる》くなって、とんでもない猛吹雪《もうふぶき》になるって、市長《しちょう》さんが言《い》ってたじゃないか！」

オーキは自信《じしん》たっぷりに言《い》った。

「おれのおじさんは、郵便物《ゆうびんぶつ》を運《はこ》ぶ郵便運搬人《ゆうびんうんぱんにん》で、ベテランの犬《いぬ》ぞり使《づか》いだ。おれも、おじさんといっしょに、ポート・セーフティやソロモンや、その先《さき》にも、しょっちゅう行《い》ってる。吹雪《ふぶき》だってへっちゃらだ！」

アニーがたずねた。

「それじゃあ、おじさんが、いっしょに行《い》ってくれるの？」

「い、いや。……おじさんは犬《いぬ》ぞりの事故《じこ》でけがして、いま、そりに乗《の》れねえんだ。だから、ソロモンへは、おれひとりで行《い》く。おれだって、犬《いぬ》ぞりの操縦《そうじゅう》くらいできる。ひとりで平気《へいき》さ！」

少年《しょうねん》が、町《まち》はずれの小《ちい》さな家《いえ》を指《ゆび》さした。

「あそこが、おじさんのうちだ。柵《さく》の中《なか》に、おじさんの犬《いぬ》たちが……」

そこまで言《い》ったとき、
ワンワンワン！　ウォーン、ウォーン！

三人《さんにん》の話《はな》し声《ごえ》に気《き》づいたのか、柵《さく》の中《なか》で体《からだ》をよせあっていた犬《いぬ》たちが顔《かお》をあげ、いっせいにほえだした。

「わあっ！　ハスキー犬《けん》がたくさん！」アニーが、歓声《かんせい》をあげてかけだした。

「あ、あぶねえっ！　ハスキーは興奮《こうふん》すると、柵《さく》を飛《と》びこえて……！」

だがアニーは、柵《さく》の中《なか》に手《て》をのばして、犬《いぬ》たちにあいさつをはじめた。

「みんな、はじめまして！　わたしは、アニーよ。あなたは？　名《な》まえはなんていうの？」

犬《いぬ》たちは、うれしそうにアニーのまわりに集《あつ》まり、自分《じぶん》も頭《あたま》をなでてもらおうと、つぎつぎとアニーのまえに首《くび》を出《だ》した。

「はいはい！　あなたも、なでてほしいのね？　はいはい！」

そのようすを見《み》て、オーキはあっけにとられた。

「信《しん》じられねえ……。ハスキー犬《けん》は警戒心《けいかいしん》が強《つえ》えのに、いまはじめて会《あ》った女《おんな》の子《こ》に、あんなになつくなんて……」

ジャックが説明《せつめい》した。

「アニーは、どんな動物《どうぶつ》とも、すぐに仲《なか》よくなっちゃうんだ。とくに、犬《いぬ》とはね」

「へえ……。なんだか知《し》らねえけど、おまえたちとは気《き》が合《あ》いそうだ」

オーキが、はじめて笑顔《えがお》を見《み》せた。

説《せっ》得《とく》

「ジャック、アニー、中《なか》にはいらねえか？」

「うん、ありがとう」

オーキのおじさんの家《いえ》は、小《ちい》さな丸太小屋《まるたごや》だった。

そまつなつくりだったが、煙突《えんとつ》から出《で》ている煙《けむり》は、家《いえ》のぬくもりを感《かん》じさせた。

オーキのあとについて家《いえ》にはいると、室内《しつない》は、ぷーんと魚《さかな》と灯油《とうゆ》のにおいがした。

天井《てんじょう》からは、ピンク色《いろ》の干《ほ》し魚《うお》が、なん本《ぼん》もぶら下《さ》がっている。

上《うえ》からつるしたカンテラが、部屋《へや》の中《なか》を照《て》らしていた。

「オーキか？」

奥《おく》の部屋《へや》から、低《ひく》くかすれた男《おとこ》の人《ひと》の声《こえ》がした。

「おれ、おじさんに話《はな》してくる」

オーキは、ジャックたちにそう言《い》うと、奥《おく》の部屋《へや》にはいっていった。

ジャックは、家《いえ》の中《なか》を見《み》まわした。

ストーブは、使《つか》い古《ふる》しのドラム缶《かん》を利用《りよう》して作《つく》ってある。ごつごつした木《き》のテーブルのまわりには、いすのかわりに小《ちい》さな樽《たる》がおいてある。

壁《かべ》ぎわに、木製《もくせい》のラジオがおかれていた。そこから、雑音《ざつおん》にまじって、軽快《けいかい》な音楽《おんがく》が流《なが》れている。

となりの部屋《へや》から、オーキとおじさんの声《こえ》が聞《き》こえてきた。

「ひとりで行《い》けるってば！」

「だめだ！　おまえにはまだ無理《むり》だ！」

ジャックは、いたたまれない気《き》もちになった。

「アニー、ちょっと外《そと》に出《で》ないか」

「でも、オーキが行《い》くのを止《と》めないと」

「それは、おじさんにまかせよう。話《はなし》がつくまで、ぼくたちは外《そと》で……」

そのとき、ふいにラジオの音楽《おんがく》が止《と》まり、男性《だんせい》アナウンサーの声《こえ》が聞《き》こえてきた。

『ザザザザ……ここで、ニュースをお伝《つた》えします……』

「お兄《にい》ちゃん、聞《き》いて！」アニーが、ラジオに耳《みみ》を傾《かたむ》けた。

『先《さき》ほどからお伝《つた》えしているように、北極方面《ほっきょくほうめん》から吹《ふ》きこむ強《つよ》い寒気《かんき》の影響《えいきょう》で、一帯《いったい》は、ここ数年《すうねん》でいちばんの猛吹雪《もうふぶき》になるもようです』

アニーは、つまみをまわして、ボリュームをあげた。

ニュースがつづく。

『アラスカ西海岸《にしかいがん》のノームでまん延《えん》している、ジフテリアの患者《かんじゃ》を救《すく》うために……』

「なんだって？」

オーキが、奥《おく》の部屋《へや》から飛《と》びだしてきた。

『現在《げんざい》、犬《いぬ》ぞりチームが、リレー方式《ほうしき》で血清《けっせい》を運《はこ》んでいます。血清《けっせい》は、アンカレッジからネナナへ、鉄道《てつどう》で運《はこ》ばれたあと、ネナナからノームまで、一〇八五キロの道《みち》のりを、経験豊《けいけんゆた》かなマッシャーと優秀《ゆうしゅう》なそり犬《いぬ》からなるチームが、リレーしているのです。

一刻《いっこく》も早《はや》く血清《けっせい》を届《とど》けるために、どのチームも、れい下《か》三十度《ど》から五十度《ど》という気《き》温《おん》の中《なか》、昼《ひる》も夜《よる》も走《はし》りつづけてきました。血清《けっせい》は、いま、ノームの手《て》まえ約《やく》一〇〇キロのところにあるもようで、明日朝《あすあさ》には、ノームに到着《とうちゃく》する予定《よてい》でした。

しかし、ここに来《き》て、自然《しぜん》の猛威《もうい》が、彼《かれ》らの行《ゆ》く手《て》をはばもうとしています。今夜《こんや》の風《かぜ》は、ハリケーン並《な》みの、最大風速《さいだいふうそく》三〇メートル、気温《きおん》はれい下《か》四十度《ど》、あるいはそれを下《した》まわり、強風《きょうふう》のため、体感温度《たいかんおんど》はれい下《か》五十度《ど》から六十度《ど》にもなる可能性《かのうせい》があります。関係者《かんけいしゃ》の決死《けっし》の努力《どりょく》に、今後《こんご》の天候《てんこう》がどう影響《えいきょう》するか、心配《しんぱい》されます』

ジャックとアニーは、顔《かお》を見合《みあ》わせた。

『……ニュースを終《お》わります。それでは、ふたたび音楽《おんがく》を……』

アナウンサーの声《こえ》が、明《あか》るい音楽《おんがく》にかわると、オーキはラジオを切《き》った。

オーキは、柱《はしら》にかかっていた麻袋《あさぶくろ》を取《と》り、天井《てんじょう》の干《ほ》し魚《うお》を取《と》って、つめはじめた。

「ハリケーン並《な》みの風《かぜ》が吹《ふ》いたって、かまわねえさ。だれがなんと言《い》おうと、おれは行《い》く！」

「オーキ――」

ジャックがふりかえると、杖《つえ》をついた男性《だんせい》が、奥《おく》の部屋《へや》から出《で》てきた。黒髪《くろかみ》に、日焼《ひや》けした顔《かお》。顔《かお》には、深《ふか》いしわがきざまれている。

オーキのおじさんにちがいない。

おじさんは、足《あし》を引《ひ》きずりながら、オーキのほうへ歩《ある》いていった。

「たのむから、無茶《むちゃ》なことはしないでくれ」

おじさんは、オーキの腕《うで》をつかんで言《い》った。

「グンナー・カーセンが走《はし》れないような吹雪《ふぶき》の中《なか》を、おまえに走《はし》れるわけがない」

「やってみなくちゃ、わかんねえよ！」

オーキは、おじさんの手《て》をふりほどいて、袋《ふくろ》に魚《さかな》をつめつづける。

「オーキ、よく聞《き》け。グンナー・カーセンや、今回《こんかい》のリレーでもっとも長《なが》い距離《きょり》を走《はし》るレオナード・セッパラは、これまで数々《かずかず》の探険《たんけん》をなしとげてきたベテラン・マッシャーだ。犬《いぬ》ぞりを操縦《そうじゅう》する腕《うで》にかけちゃあ、右《みぎ》に出《で》る者《もの》はおらん。やつらにくらべたら、おまえなど、まだほんのひよっこだ」

「でも、道《みち》はよく知《し》ってるさ。うちには、いい犬《いぬ》たちもいる！」

「それでも、グンナーのリード犬《けん》バルトとは、くらべものにならん」

「グンナー・カーセンやセッパラや、バルトがどんなに優秀《ゆうしゅう》だろうと、吹雪《ふぶき》がこわくて走《はし》れないんじゃ、ただの腰抜《こしぬ》けじゃねえか。おれは、吹雪《ふぶき》なんかこわくない！」

「なんど言《い》ったらわかるんだ。だめだと言《い》ったら、だめだ！」

ジャックは、おろおろしながら、ふたりのやりとりを聞《き》いていた。

オーキは、おじさんが止《と》めるのもきかず、食料《しょくりょう》をつめた袋《ふくろ》を持《も》って、外《そと》へ出《で》ていこうとする。

「オーキ！　待《ま》ちなさい！」

オーキがふりかえり、おじさんを正面《しょうめん》から見《み》すえた。

「おじさん、おれは、ソロモンまで、なんども往復《おうふく》してる。犬《いぬ》たちだってそうだ。いつものトレイルなら、目《め》をつぶってても走《はし》れる！」

「それは、わしがいたからだろう。おまえにはまだ、ひとりで走《はし》れるだけの訓練《くんれん》をさせていない。吹雪《ふぶき》をあまく見《み》るんじゃないぞ。道《みち》をはずれて、方向《ほうこう》がわからなくなったらどうする。氷《こおり》が割《わ》れて、海《うみ》に落《お》ちたら、いったいだれが助《たす》けてくれるんだ。血清《けっせい》を持《も》ち帰《かえ》るどころか、生《い》きて帰《かえ》れないかもしれないんだぞ！」

「おじさんは、母《かあ》さんたちが、いまどんなに苦《くる》しそうに息《いき》をしてるか、見《み》てねえからそんなことが言《い》えるんだ！」

オーキは、うめくように言《い》った。

「おれは、母《かあ》さんたちに、『朝《あさ》までには血清《けっせい》が届《とど》くから、それまでがんばれ』、って言《い》ったんだ。だから、もし朝《あさ》までに血清《けっせい》が届《とど》かなかったら、おれは大《おお》うそつきになっちまう。母《かあ》さんたちだって死《し》んじまうかもしれない。そんなことになったら、おれは一《いっ》生後悔《しょうこうかい》するに決《き》まってる！　こんなとこで、なにもしねえで待《ま》ってるより、やれるだけのことをやりてえんだ！」

オーキは、麻袋《あさぶくろ》を肩《かた》にかけ、壁《かべ》にかかっているカンテラを取《と》ると、ドアを開《あ》けて出《で》ていった。

「オーキ、待《ま》て！」

おじさんが、樽《たる》につまずいて、床《ゆか》に倒《たお》れた。

外《そと》で、犬《いぬ》たちが、興奮《こうふん》して鳴《な》きはじめた。

「オーキ！」

おじさんが呼《よ》ぶ声《こえ》は、犬《いぬ》たちの鳴《な》き声《ごえ》にかき消《け》されてしまった。

名《めい》マッシャーになりたい！

「だいじょうぶですか？」

ジャックとアニーがかけよると、おじさんが顔《かお》をあげた。

おじさんは、ジャックとアニーがいたことに、はじめて気《き》づいたようだった。

「おまえたちは、だれだ？」

アニーがこたえた。

「わたしたちは、オーキの友《とも》だちの、ジャックとアニーです。おじさん、心配《しんぱい》しないで。わたしたちが、オーキといっしょに行《い》きます」

ジャックはびっくりして、アニーをにらんだが、アニーはかまわず話《はなし》をつづけた。

「じつは、わたしたちふたりとも、ベテランのマッシャーなんです」

おじさんは、眉《まゆ》をひそめた。

「なにを言《い》ってる。おまえたちはまだ子《こ》どもじゃないか。ベテランであるはずがない」

「経験《けいけん》は少《すく》ないかもしれないけど、マッシャーとして特別《とくべつ》な能力《のうりょく》をもってるんです。

ね、お兄《にい》ちゃん?」

アニーはそう言《い》うと、ウインクしてコートのポケットをたたいた。

(あっ、そうか!)ジャックは、ことばをのみこんだ。

「腕《うで》のいいマッシャーは、犬《いぬ》ぞりレースでかならず評判《ひょうばん》になる。だが、おまえたちの名《な》まえなぞ、聞《き》いたことがないぞ」

「わたしたち、レースには出《で》たことがないんです」と、アニー。

「話《はなし》にならんな。それでどうしてベテランなんだ?」

ジャックがいそいで、話《はなし》をもどした。

「おじさんは、オーキをひとりで行《い》かせたくないんですよね」

おじさんは、ため息《いき》をつくと、しぼり出《だ》すような声《こえ》で話《はな》しはじめた。

「七年《ななねん》まえ、この一帯《いったい》にインフルエンザが流行《りゅうこう》して、千人《せんにん》以上《いじょう》の死者《ししゃ》が出《で》た。わしら先住民《せんじゅうみん》は、白人《はくじん》の病気《びょうき》に抵抗力《ていこうりょく》がないんだ。ノームでは、そのとき、先住民《せんじゅうみん》の半分《はんぶん》が命《いのち》を落《お》とした。わしの妻《つま》も、子《こ》どもたちもみんな……」

おじさんの目《め》から、涙《なみだ》があふれた。

「ひとり残《のこ》されたわしにとって、オーキの家族《かぞく》はなぐさめだった。ところが、こんどはジフテリアだ。ジフテリアが、わしの大事《だいじ》な妹《いもうと》と、姪《めい》の命《いのち》をうばおうとしている！　できることなら、わしが血清《けっせい》を取《と》りに行《い》きたいくらいだ。だが、この足《あし》では、どうにもならん……」

おじさんは、けがをした足《あし》を、くやしそうにこぶしでたたいた。

「妹《いもうと》も姪《めい》も助《たす》からなかったら、わしの身内《みうち》はオーキしかいなくなる。ここでオーキにもしものことがあったら、わしはどうすればいいのだ……！　なんとしても、オーキには行《い》かせたくない」

それを聞《き》いて、ジャックは思《おも》わず言《い》った。

「よくわかりました。おじさん、オーキには行《い》かせません。血清《けっせい》は、ぼくたちだけで取《と》りに行《い》きます。ぼくたちに、そりと犬《いぬ》をかしてください。かならず、血清《けっせい》を持《も》ってもどってきます」

アニーも、力強《ちからづよ》く宣言《せんげん》した。

「わたしたちなら、だいじょうぶ。信《しん》じてください！」

おじさんは、ジャックとアニーの顔《かお》を、かわるがわる見《み》つめていたが、ついに決心《けっしん》して言《い》った。

「それほどまでに言《い》うなら……おまえたちを信《しん》じよう」

そして、つけくわえた。

「うちの犬《いぬ》は、どれも優秀《ゆうしゅう》なそり犬《いぬ》だ。ソロモンまでの郵便運搬用《ゆうびんうんぱんよう》トレイルは、わしといっしょに、なん十回《じっかい》と走《はし》っているから、すみずみまで知《し》っている。きっとおまえたちの力《ちから》になるだろう」

「ありがとうございます。大事《だいじ》にあつかいますから、心配《しんぱい》しないでください」

「よろしくたのむ」

おじさんは、深々《ふかぶか》と頭《あたま》をさげ、杖《つえ》をつきながら、部屋《へや》にもどっていった。

アニーが大《おお》きく息《いき》を吸《す》って、言《い》った。

「だいじょうぶ。きっと、うまくいくわ」

「うん」

「お兄《にい》ちゃん、金《きん》の粉《こな》を出《だ》して」

ジャックは、コートのポケットから、金色《きんいろ》の小《こ》びんを取《と》りだした。びんを開《あ》けると、きらきら光《ひか》る金《きん》の粉《こな》が、ひとつまみはいっていた。

ジャックが、確認《かくにん》するように言《い》った。

「これは、ぼくたちに、特別《とくべつ》な能力《のうりょく》をさずけてくれる、魔法《まほう》の粉《こな》だ。魔法《まほう》の力《ちから》がきいているのは、十二時間《じゅうにじかん》。ただし、だれかの命《いのち》を救《すく》うためにしか使《つか》えなくて、一回《いっかい》しか使《つか》えない。いま使《つか》ってしまったらそれきりだ。オーキのかわりに、血清《けっせい》を取《と》りに行《い》くことは、だれかの命《いのち》を救《すく》うことになるかな」

「なるわよ！」アニーが、自信《じしん》たっぷりにこたえた。

「オーキが吹雪《ふぶき》に巻《ま》きこまれないようにすることで、オーキの命《いのち》が救《すく》えるわ。それから、今晩《こんばん》じゅうに血清《けっせい》をノームに持《も》ち帰《かえ》れば、いま一刻《いっこく》をあらそう容体《ようだい》の患者《かんじゃ》さんを助《たす》けることができるわ」

「そうだね。じゃあ、ねがいを言《い》うよ……」

ジャックは、びんの粉《こな》を手《て》のひらにうつし、それを見《み》ながら、ねがいをとなえた。

「ぼくたち、名《めい》マッシャーになりたい！」

それから粉《こな》を、ふたりの頭上《ずじょう》にふりまいた。

すると、部屋《へや》の中《なか》に、ぱあっと金色《きんいろ》の光《ひかり》が広《ひろ》がり、その光《ひかり》がうずを巻《ま》いて、ジャックとアニーをつつみこんだ。

光《ひかり》が消《き》えると、ジャックは、からだじゅうに、自信《じしん》とエネルギーが湧《わ》きあがるのを感《かん》じた。

アニーが、うれしそうに言《い》う。

「わたし、なんだか、ちがう人間《にんげん》になったみたい！」

ジャックが、壁《かべ》の時計《とけい》を見《み》て言《い》った。

「いま、夕方《ゆうがた》の六時《ろくじ》だ。十二時間《じゅうにじかん》たったら、魔法《まほう》が消《き》える。ということは、明日《あした》の朝《あさ》、六時《ろくじ》までに、帰《かえ》ってこなければならない、ってことだな」

「そういうことね」

「よし、行《い》こう！」

ふたりは、外《そと》に出《で》た。

アラスカの闇《やみ》に向《む》かって

外《そと》は、雪《ゆき》も風《かぜ》もはげしくなっていた。

柵《さく》の中《なか》では、オーキが、ハスキー犬《けん》にハーネスをつけようと、がんばっていた。だが、犬《いぬ》たちは興奮《こうふん》してほえ、飛《と》んだりはねたりして、すこしもじっとしていない。

「こら！　おとなしくしろ！」

オーキが、ひっきりなしにどなっている。

ジャックが、走《はし》りよって声《こえ》をかけた。

「オーキ」

オーキが、顔《かお》をあげた。

「ソロモンへは、アニーとぼくとで行《い》くことになった。きみは、おじさんと待《ま》っていてくれ」

「おまえたちが？」

オーキが、顔《かお》をしかめた。

「だまっていてごめん。じつは、ぼくたち、犬《いぬ》ぞりの名手《めいしゅ》なんだ」

「なんだって……？」オーキは、信《しん》じられないという顔《かお》つきで、ふたりを見《み》た。

「おじさんが、そりと犬《いぬ》たちをかしてくれることになった」

アニーが言《い》った。

「おじさんから話《はなし》を聞《き》いたわ。七年《ななねん》まえにインフルエンザで家族《かぞく》を亡《な》くして、こんどは、大事《だいじ》な身内《みうち》がジフテリアにかかってしまった。このうえ、オーキにもしものことがあったら、って……。オーキ、おじさんに心配《しんぱい》をかけるのは、よくないわ。おじさんのそばにいてあげて」

オーキはじっと海《うみ》を見《み》つめていたが、やがて、犬《いぬ》から手《て》をはなして、立《た》ちあがった。

「わかった、おれはおじさんのそばにいるよ。だけど、おまえたち、ほんとうに犬《いぬ》ぞりを操縦《そうじゅう》できるのか？」

ふたりは、強《つよ》くうなずいた。

「ぼくたちを信《しん》じて」

オーキが、柵《さく》の扉《とびら》を開《あ》け、ジャックとアニーを中《なか》に入《い》れた。

犬《いぬ》たちが、ジャックたちに飛《と》びついてきた。

ジャックが、手《て》ぶくろをはずしながら、声《こえ》をかける。

「よしよし！　さあ、ハーネスをつけようね」

ジャックとアニーは、またたく間《ま》に、八頭《はっとう》のハスキー犬《けん》に、ハーネスをつけおえた。

ふたりの手《て》ぎわのよさに、オーキがおどろいて言《い》った。

「犬《いぬ》のあつかいがうまい。ほんとうに犬《いぬ》ぞり使《づか》いだったんだな……」

アニーが言《い》った。

「的確《てきかく》に指示《しじ》を出《だ》す。犬《いぬ》の気《き》もちを尊重《そんちょう》する。無理《むり》をしない。これが、わたしたちのモットーなの」

ジャックも言《い》った。

「おじさんときみの大切《たいせつ》な犬《いぬ》だ。大事《だいじ》にあつかうよ」

「……ありがとう」

オーキは、顔《かお》をそむけて、涙《なみだ》をかくした。

「よし、つぎは、犬《いぬ》たちをそりにつなぐぞ」

オーキがそりに引《ひ》き綱《づな》をつけると、ジャックとアニーで、犬《いぬ》たちを柵《さく》の外《そと》に出《だ》した。犬《いぬ》ぞりの犬《いぬ》たちには、それぞれの役割《やくわり》がある。どの犬《いぬ》をどこにつなぐべきかは、飼《か》い主《ぬし》がいちばんよくわかっているはずだ。

ジャックが、オーキに言《い》った。

「オーキ、いつもの位置《いち》に、犬《いぬ》たちをつないでくれないか」

オーキが、犬《いぬ》たちを見《み》わけながら、引《ひ》き綱《づな》につないでいった。

ジャックが先頭《せんとう》にまわると、二頭《にとう》のリード犬《けん》が、ジャックに飛《と》びついて、ぺろぺろと顔《かお》をなめた。オーキが言《い》った。

「白《しろ》と黒《くろ》のほうは、ジョー、茶色《ちゃいろ》い毛《け》のほうは、ユーコンっていうんだ」

「よし、ジョーとユーコン。よろしくたのむよ！」

ジャックが、声《こえ》をかける。

二頭《にとう》のリード犬《けん》を先頭《せんとう》に、そのうしろに二頭《にとう》ずつ、あわせて八頭《はっとう》の犬《いぬ》がつながれた。

リード犬《けん》ジョーの首《くび》には、鈴《すず》がつけられた。

準備《じゅんび》ができると、犬《いぬ》たちは、「早《はや》く行《い》こうよ！」と言《い》うように、ワンワン、ウォンウォンと、声《こえ》をあげ、飛《と》びはねている。

「はいはい、もうすぐ、出発《しゅっぱつ》するわよ」アニーが、笑《わら》いながらこたえた。

オーキが、そりの中《なか》の麻袋《あさぶくろ》を指《ゆび》さした。

「犬《いぬ》たちのエサは、これにはいってる」

「わかった」

「それから、このカンテラを持《も》っていってくれ。月夜《つきよ》でもないかぎり、トレイルはまっ暗《くら》だ。ちっぽけな明《あ》かりだけど、役《やく》に立《た》つ。おれも、おまえたちが帰《かえ》ってくるまで、家《いえ》のまえに明《あ》かりを出《だ》しておくから」

「うん。ありがとう」

ジャックは、カンテラを受《う》けとると、ロープでそりにしっかりと固定《こてい》した。

それから、ジャックはアニーに向《む》かって言《い》った。

「ぼくが、先《さき》に操縦《そうじゅう》するよ。途中《とちゅう》で交代《こうたい》しよう」

「いいわ」

アニーが、麻袋《あさぶくろ》をかかえて、そりの上《うえ》にすわった。

ジャックが、オーキにたずねた。

「ソロモンまでの距離《きょり》は？」

「五〇キロぐらいだ。三〇キロほど行《い》くと、ポート・セーフティの町《まち》の入口《いりぐち》に、犬《いぬ》ぞり用《よう》の休憩所《きゅうけいじょ》がある。それを通《とお》りこして、二〇キロほど行《い》くと、ソロモンの町《まち》に着《つ》く」

「時間的《じかんてき》には、どれくらい？」

「順調《じゅんちょう》なら四時間《よじかん》。この吹雪《ふぶき》じゃ、スピードが落《お》ちると思《おも》うから、だいたい五時間《ごじかん》くらいだ」と、オーキ。

「往復《おうふく》で、およそ十時間《じゅうじかん》ね」アニーが、ジャックに確認《かくにん》する。

「よし、明日《あした》の明《あ》け方《がた》までには、帰《かえ》ってこられる」

オーキが、家《いえ》の裏手《うらて》を指《ゆび》さして言《い》った。

「この先《さき》を右《みぎ》にまがると、トレイルに出《で》る。トレイルに乗《の》ってしまえば、あとは、犬《いぬ》たちが、道《みち》のとおりに走《はし》ってくれるよ」

「りょうかい」

ジャックは言《い》って、犬《いぬ》たちに声《こえ》をかけた。

「さあ、みんな、たのんだよ！」

ジャックがそりのうしろにまわり、〈ハンドルバー〉をつかんだ。それから、スキー板《いた》のような〈ランナー〉に足《あし》をのせると、オーキが言《い》った。

「それじゃ、〈スノーフック〉をはずすよ」

オーキが、雪《ゆき》の上《うえ》にそりを固定《こてい》していたスノーフックをはずし、そりにのせた。

「アニー、準備《じゅんび》はいいかい？」と、ジャック。

「いいわ」と、アニー。

「それじゃ、気《き》をつけてな」と、オーキ。

「ラインアウト！（スタート用意《ようい》！）」

ジャックが、犬《いぬ》たちに号令《ごうれい》をかけると、リード犬《けん》が姿勢《しせい》を正《ただ》し、一歩《いっぽ》まえに出《で》た。

引《ひ》き綱《づな》がピンと張《は》られ、ほかの犬《いぬ》たちも、いつでも走《はし》りだせる姿勢《しせい》をとった。

「ハイク！（走《はし》れ！）」

ジャックが大声《おおごえ》で言《い》った。

吹《ふ》きつける雪《ゆき》の中《なか》、そりは、アラスカの雪原《せつげん》へとすべりだした。

氷《こおり》が割《わ》れた！

ジャックが操縦《そうじゅう》する犬《いぬ》ぞりは、海岸《かいがん》にそって走《はし》るトレイルを、ハイペースで進《すす》んでいった。

右手《みぎて》には凍《こお》った海《うみ》が、左手《ひだりて》には、雪原《せつげん》が広《ひろ》がっている。

ハッ、ハッ、ハッ、ハッ、ハッ、ハッ……

犬《いぬ》の吐《は》く息《いき》が白《しろ》い水蒸気《すいじょうき》となり、犬《いぬ》たちの上《うえ》をおおったが、強《つよ》い風《かぜ》が、すぐにそれを吹《ふ》きとばしていった。

聞《き》こえるのは、リード犬《けん》の首《くび》につけた鈴《すず》の音《ね》と、犬《いぬ》たちが呼吸《こきゅう》する音《おと》、そして、そりのランナーが雪《ゆき》の上《うえ》をすべる、シューシューという音《おと》だけだ。

マッシャーのジャックは、一瞬《いっしゅん》たりとも気《き》を抜《ぬ》くことができなかった。

八頭《はっとう》の犬《いぬ》が引《ひ》くそりは、先頭《せんとう》のリード犬《けん》から、いちばんうしろのマッシャーまで、二〇メートル以上《いじょう》もある。

平地《へいち》は安定《あんてい》して走《はし》ることができるものの、スピードがはやすぎると、犬《いぬ》たちは冷気《れいき》をはげしく吸《す》いこみ、肺《はい》をいためてしまう。そのためジャックは、ときどき片足《かたあし》を地《じ》面《めん》におろし、速度《そくど》を調節《ちょうせつ》しながら走《はし》った。

さらに、アップダウンがあれば、状況《じょうきょう》に応《おう》じて、早《はや》めに対応《たいおう》しなければならない。のぼり坂《ざか》では、そりの重量《じゅうりょう》をへらし、犬《いぬ》たちの負担《ふたん》を軽《かる》くするために、ジャックはそりからおりて横《よこ》を走《はし》り、地面《じめん》が平《たい》らになったところで、またそりに飛《と》びのった。くだり坂《ざか》では、そりがすべって、犬《いぬ》たちをうしろからひき倒《たお》してしまう危険《きけん》がある。ジャックは、雪《ゆき》の上《うえ》に足《あし》をふんばり、スピードが出《で》すぎないようブレーキをかけながら、坂《さか》をおりた。

犬《いぬ》に指示《しじ》を伝《つた》えるコマンド（かけ声《ごえ》）も、ふしぎなことに、すべて頭《あたま》にはいっていた。

「ハイク（走《はし》れ、進《すす》め）」、「イージー（ゆっくり）」、「ジー（右《みぎ》にまがれ）」、「ホー（左《ひだり》にまがれ）」と、トレイルの状況《じょうきょう》に応《おう》じて、自然《しぜん》に口《くち》をついて出《で》る。

そのコマンドを、犬《いぬ》たちはちゃんと理解《りかい》し、指示《しじ》どおりに走《はし》ってくれる。

ジャックは、犬《いぬ》たちに向《む》かって、「グッドッグ！（いいよ！）」と言《い》ってほめるのをわすれなかった。

アニーも、ときどきジャックに声《こえ》をかけた。

「お兄《にい》ちゃん、だいじょうぶ？」

「ああ、いい調子《ちょうし》だ！」

だが、まっ暗《くら》な吹雪《ふぶき》の中《なか》を走《はし》るのは、想像以上《そうぞういじょう》にたいへんだった。

アニーが言《い》った。

「お兄《にい》ちゃん、風《かぜ》が強《つよ》くなってきたわ。これから、もっとひどい吹雪《ふぶき》になるんじゃないかしら」

たしかに、ノームを出発《しゅっぱつ》したときよりも、気温《きおん》が下《さ》がり、雪《ゆき》や風《かぜ》も、ますますはげしくなっていた。

ジャックのめがねについた雪《ゆき》が凍《こお》りつき、まえが見《み》えづらくなってきた。

片手《かたて》でハンドルバーをにぎったまま、もう片方《かたほう》の手《て》ぶくろでめがねをこすってみたが、氷《こおり》が広《ひろ》がるばかりで、視界《しかい》は悪《わる》くなる一方《いっぽう》だ。

（これじゃだめだ。一度《いちど》止《と》まって、めがねをふこう）

そう思《おも》った矢先《やさき》、トレイルがカーブにさしかかり、そりがぐらりと傾《かたむ》いた。

「あっ!!」

片手《かたて》をはなしていたジャックは、そりからふり落《お》とされそうになった。

「フォ！　フォ！（止《と》まれ！　止《と》まれ！）」

ジャックは、大声《おおごえ》でさけんだ。犬《いぬ》たちが足《あし》を止《と》めた。

「お兄《にい》ちゃん、どうしたの？」

アニーが、ふりかえってさけんだ。風《かぜ》がビュービュー吹《ふ》いているので、大声《おおごえ》を出《だ》さないと聞《き》こえない。

「なにがあったの!?」アニーが、もう一度《いちど》さけんだ。

ジャックがさけびかえした。

「めがねに氷《こおり》がついて、まえが見《み》えなくなった！　いまのカーブで、あやうくふり落《お》とされるところだったよ」

アニーが、そりからおりて言《い》った。

「どんな名《めい》マッシャーでも、まえが見《み》えなかったら、操縦《そうじゅう》できないわ。交代《こうたい》しましょ」

「うん！　たのむ！」

アニーが、麻袋《あさぶくろ》をジャックにわたし、ジャックは、袋《ふくろ》をかかえて、そりにすわった。

アニーが、そりのうしろにまわって、ハンドルバーをつかむ。

「ラインアウト！（スタート用意《ようい》！）　ハイク！（進《すす》め！）」

アニーの号令《ごうれい》で、そりは、ふたたび走《はし》りだした。

ジャックは、手《て》ぶくろをはずし、素手《すで》でめがねをこすったが、すぐに指《ゆび》がいたくなり、いそいで手《て》ぶくろをはめなおした。

吹雪《ふぶき》の中《なか》でも、アニーの操縦《そうじゅう》は、安定《あんてい》していた。

「ストレート・アヘッド！（直進《ちょくしん》！）」

カーブでも、アニーは的確《てきかく》に指示《しじ》を出《だ》した。

右《みぎ》のカーブにさしかかると、「ジー！（右《みぎ》にまがれ！）」。

するとジャックは、からだを左《ひだり》に傾《かたむ》けて、スムーズにまがれるよう協力《きょうりょく》した。

左《ひだり》のカーブでは、「ホー！（左《ひだり》にまがれ！）」。

すると、ジャックは、右《みぎ》にからだを倒《たお》す。

やがて、のぼり坂《ざか》にさしかかり、そりのスピードが、がくんと落《お》ちた。

ジャックが、ふりかえってさけんだ。

「アニー！　ぼくは、おりて走《はし》るよ！」

そこで、アニーが指示《しじ》を出《だ》す。「イージー！（ゆっくり！）」

犬《いぬ》たちがゆっくり走《はし》るあいだに、ジャックは、麻袋《あさぶくろ》をそりに残《のこ》して飛《と》びおりた。

「ピックアップ！（はやく！）」と、アニー。

そりは、ふたたびスピードをあげ、無事《ぶじ》に坂道《さかみち》をのぼりきった。

いくつかののぼりくだりのあと、しばらく平《たい》らな道《みち》がつづいていたが、ジャックは、そりには乗《の》らず、アニーの横《よこ》を走《はし》りつづけた。すこしでもそりを軽《かる》くして、犬《いぬ》たちの負担《ふたん》をへらしたかったのだ。

ジャックはふと、ランナーのシューシューという音《おと》が、きしむような音《おと》に変《か》わっていることに気《き》づいた。

降《ふ》りつもった雪《ゆき》にまどわされ、いつの間《ま》にか、そりはトレイルをはずれて、凍《こお》った海《うみ》の上《うえ》を走《はし》っていたのだ。

まずい、と思《おも》った瞬間《しゅんかん》、パキッと音《おと》がして氷《こおり》が割《わ》れ、ジャックの右足《みぎあし》が、つめたい水《みず》の中《なか》に落《お》ちてしまった！

刃物《はもの》で切《き》りつけられたようないたみが走《はし》る。

ジャックは、左足《ひだりあし》をふんばった。

すると、また氷《こおり》が割《わ》れ、左足《ひだりあし》も水《みず》の中《なか》に落《お》ちた。

ジャックは、あわてて腹《はら》ばいになり、全身《ぜんしん》が水《みず》の中《なか》に落《お》ちるのだけはまぬがれた。

そりは、ジャックをおき去《ざ》りにして、どんどん先《さき》へ行《い》ってしまう。

「アニー！　止《と》まって！」

ジャックは、氷《こおり》の上《うえ》からさけんだ。

「アニー!!」

そりが止《と》まった。

ジャックがついてこないことに気《き》づいたアニーが、U《ユー》ターンしようとした。

ジャックは、あわてた。そりがもどってきたら、その重《おも》みで、氷《こおり》の亀裂《きれつ》が広《ひろ》がり、そりごと海《うみ》に落《お》ちてしまうかもしれない！

ジャックは、片手《かたて》で『止《と》まれ！』の合図《あいず》を送《おく》りながら、大声《おおごえ》でさけんだ。

「アニー、だめだ！　こっちに来《く》るな！」

アニーは、犬《いぬ》たちに指示《しじ》を出《だ》す。

「フォ！　フォ！」

そりが止《と》まり、アニーがランナーから足《あし》をおろした。

「ここは、海《うみ》の上《うえ》だ！　もどって！」

状況《じょうきょう》を理解《りかい》したアニーが、さけんだ。

「わたしがいるところは、地面《じめん》の上《うえ》だから、だいじょうぶよお――！　お兄《にい》ちゃん！　ずっとまえに、ホッキョクグマから教《おそ》わった、うすい氷《こおり》の上《うえ》を移動《いどう》する方法《ほうほう》を、思《おも》いだして！」

ジャックは、そうだった、と思《おも》いだし、氷《こおり》の上《うえ》に腹《はら》ばいになったまま、手足《てあし》を動《うご》かして、すこしずつまえに進《すす》んだ。

しばらくして、なんとか地面《じめん》にたどり着《つ》いた。

そのあいだにも、ブーツの中《なか》にはいった水《みず》が凍《こお》りはじめていた。

アニーの手《て》をかりて立《た》ちあがると、ブーツの中《なか》でパリパリと音《おと》がした。

「アニー、ブーツに水《みず》がはいった！　早《はや》くかわかさないと、足《あし》が……」

水《みず》にぬれた足《あし》は、かわいた足《あし》の二十五倍《にじゅうごばい》のはやさで、熱《ねつ》がうばわれていくという。激痛《げきつう》で足《あし》がしびれ、動《うご》かそうと思《おも》っても、一ミリも動《うご》かせない。もはや、立《た》っていることもできなかった。

ジャックが、そりの上《うえ》に倒《たお》れこむと、アニーはすぐに、出発《しゅっぱつ》の号令《ごうれい》をかけた。

「お兄《にい》ちゃん、もうすこししたら、ポート・セーフティの休憩所《きゅうけいじょ》があるはずよ。そこに着《つ》くまで、しんぼうして！　ハイク（進《すす》め）！」

足《あし》は、まるで火《ひ》がついたようにいたむ。

ジャックは、ぎゅっと目《め》をつぶり、歯《は》をくいしばって、いたみに耐《た》えた。

吹雪《ふぶき》の夜《よる》にアラスカの大地《だいち》を走《はし》るのは、ほんとうに命《いのち》がけのことなのだと、ふたりは思《おも》い知《し》らされていた。

ポート・セーフティ

「イージー（ゆっくり）……、フォ！（止《と》まれ！）」

そりが止《と》まり、ジャックは、はっとわれにかえった。

はげしいいたみをがまんしているあいだに、気《き》を失《うしな》ったらしい。

足《あし》のいたみは、ほとんどなくなっていた。だが、それは、さらに悪《わる》くなっている証《しょう》拠《こ》だった。神経《しんけい》が麻痺《まひ》し、いたみを感《かん》じなくなっているのだ。

からだがしんから冷《ひ》え、ふるえが止《と》まらない。

アニーが、スノーフックを雪《ゆき》の上《うえ》に突《つ》きさしながら、さけんだ。

「お兄《にい》ちゃん、ポート・セーフティの休憩所《きゅうけいじょ》よ。早《はや》くおりて！」

ジャックは、まわりを見《み》ようとしたが、めがねに雪《ゆき》が凍《こお》りついて、なにも見《み》えない。

手《て》ぶくろをはずして、めがねをふこうとしたが、手《て》ぶくろも凍《こお》っていた。

アニーが、もう一度《いちど》さけんだ。

「お兄《にい》ちゃんってば、早《はや》く！」

だが、ジャックが動《うご》けないでいるのを見《み》ると、

「ステイ！（待《ま》て！）」と、犬《いぬ》たちに指示《しじ》して、かけよった。

アニーは、歩《ある》けないジャックをかかえるようにして、犬《いぬ》ぞり休憩所《きゅうけいじょ》と書《か》かれた小屋《こや》へ歩《ある》いていった。

そのとき、ひげ面《づら》の男《おとこ》の人《ひと》が、いきおいよくドアを開《あ》けて、飛《と》びだしてきた。

「グンナー・カーセンか!?」

「い、いいえ、ちがいます。わたしはアニー。兄《あに》のジャックが、海水《かいすい》に足《あし》を……」

それだけで、男《おとこ》の人《ひと》はすべてわかったようだった。

「早《はや》く、はいれ！」

男《おとこ》の人《ひと》が言《い》って、ふたりを小屋《こや》の中《なか》にまねき入《い》れた。

「ストーブのそばにすわらせろ。すぐに湯《ゆ》を用意《ようい》する」

ジャックは、ストーブのそばのいすに倒《たお》れこんだ。

アニーに手伝《てつだ》ってもらい、ぬれた手《て》ぶくろをはずし、コートもぬがせてもらう。

ブーツも、アニーに引《ひ》っぱってもらって、ぬいだ。

凍《こお》ってごわごわになったくつ下《した》を取《と》ると、足《あし》のつま先《さき》が、まっ白《しろ》に変色《へんしょく》していた。さわっても、ほとんど感覚《かんかく》がない。このまま足《あし》の感覚《かんかく》がもどらなかったら、と思《おも》うと、おそろしくなった。

男《おとこ》の人《ひと》が、水《みず》のはいったバケツを運《はこ》んできた。それに、ストーブの上《うえ》のやかんから熱湯《ねっとう》をそそぐ。手《て》を入《い》れて、温度《おんど》を確認《かくにん》すると、ジャックに言《い》った。

「これに、両足《りょうあし》をつけるんだ」

「あ、はい……」

ジャックは、ふたりにささえられながら、ゆっくりと湯《ゆ》の中《なか》に足《あし》をひたした。

すぐには、なにも感《かん》じなかった。

ところが、まもなく、足《あし》の骨《ほね》がくだけるかと思《おも》うようないたみにおそわれた。

「うあああっ！」

ジャックが、足《あし》をあげようとしてあばれると、男《おとこ》の人《ひと》が大声《おおごえ》で言《い》った。

「だめだ！　しっかりつけてろ！」

ジャックは、歯《は》をくいしばっていたみに耐《た》えた。

強風《きょうふう》で小屋《こや》ぜんたいがガタガタと鳴《な》り、雪《ゆき》が窓《まど》をはげしくたたいている。

ジャックは、外《そと》に残《のこ》した犬《いぬ》たちが心配《しんぱい》になった。

「い、犬《いぬ》たちは……だいじょうぶかな……」

ジャックがつぶやくと、男《おとこ》の人《ひと》が言《い》った。

「ハスキーは、れい下《か》五十度《ど》にも耐《た》えられる犬《いぬ》だから、まあ、だいじょうぶだが……。今夜《こんや》は、おめえたちもここに足止《あしど》めになりそうだから、犬《いぬ》たちも小屋《こや》に入《い》れてやるか」

男《おとこ》の人《ひと》はコートを着《き》ると、フードをかぶり、手《て》ぶくろをつかんで、外《そと》へ出《で》ていった。

「わたしも、手伝《てつだ》ってくるわ。お兄《にい》ちゃん、動《うご》いちゃだめよ」

そう言《い》って、アニーも出《で》ていった。

ひとり残《のこ》されたジャックは、自己嫌悪《じこけんお》におちいった。

(なんたる不覚《ふかく》！　『今夜《こんや》は、ここに足止《あしど》め』だって？　そんなわけにはいかないんだ。魔法《まほう》は、十二時間《じゅうにじかん》しかもたないんだから！)

ドアが開《あ》き、男《おとこ》の人《ひと》とアニーがもどってきた。

「ハスキーたちは、エドさんが敷《し》いてくれたわらの上《うえ》で、休《やす》んでいるわ。エサもあげたし、お水《みず》もあげたわ」と、アニー。

「足《あし》はどうだい？」男《おとこ》の人《ひと》が、ストーブのやかんを取《と》りながら、ジャックに聞《き》いた。

「だいぶいいです。エドさん……ですか？　ぼくはジャック。妹《いもうと》はアニーといいます」

「ああ、さっき聞《き》いたよ。ちょっと足《あし》をあげて」

ジャックが足《あし》をあげると、エドが、バケツに熱《あつ》い湯《ゆ》を足《た》してくれた。

アニーが言《い》った。

「エドさんもマッシャーで、オーキのおじさんとおなじ、郵便運搬人《ゆうびんうんぱんにん》なんですって！小屋《こや》に、エドさんの犬《いぬ》たちがいたわ。みんな、すばらしいハスキー犬《けん》よ」

「ああ、いい犬《いぬ》たちだ。よくはたらいてくれる」

エドは、歯抜《はぬ》けで、ひげはもじゃもじゃだったが、その顔《かお》には威厳《いげん》があり、自信《じしん》にあふれていた。

（それに引《ひ》きかえ、ぼくは、自分《じぶん》の不注意《ふちゅうい》で、こんなことになってしまった……）

すると、ジャックの気《き》もちを察《さっ》したかのように、エドが口《くち》を開《ひら》いた。

「おれたちも、凍《こお》った海《うみ》をわたることは、よくあるよ。入《い》り江《え》をぐるりとまわるより、近道《ちかみち》だからな。ひやっとしたことは、なんどもある。一度《いちど》こわい思《おも》いをすると、気《き》をつけるようになる。ま、今回《こんかい》は、いい経験《けいけん》だったってことだな」

窓《まど》ガラスが鳴《な》った。外《そと》は、もうれつな吹雪《ふぶき》になっているようだ。

ジャックは、エドにたずねた。

「すみません、時計持《とけいも》ってますか？　いま、なん時《じ》か知《し》りたいんですけど……」

「おう、ちょっと待《ま》て」

エドが、腰《こし》につけた懐中時計《かいちゅうどけい》のくさりを引《ひ》っぱりあげ、時間《じかん》を見《み》てくれた。

「もうすぐ、十時《じゅうじ》だ」

「あ、ありがとうございます」

（ということは、魔法《まほう》が切《き》れるまで、あと八時間《はちじかん》……。そのあいだに、ソロモンに行《い》って、グンナー・カーセンに会《あ》って、血清《けっせい》を受《う》けとって、それからまた……）

そのとき、ジャックは、ふと思《おも》いだして、エドにたずねた。

「そういえば、さっき、ぼくたちがここへ来《き》たとき、『グンナー・カーセンか？』って言《い》いませんでしたか？　エドさん、彼《かれ》をごぞんじなんですか？」

「ああ、もちろんだ。やつは有名《ゆうめい》だからな。それに、おれはいま……ああ、おめえたち、いまノームで、ジフテリアっていう伝染病《でんせんびょう》がはやってるのは、知《し》ってるか？」

ジャックとアニーは、だまってうなずいた。

「その病気《びょうき》をなおすのに必要《ひつよう》な血清《けっせい》ってやつを、いま、犬《いぬ》ぞりリレーで運《はこ》んでるんだ。おれは、ここポート・セーフティで、グンナー・カーセンから血清《けっせい》を受《う》けとって、ノームまで運《はこ》ぶ役目《やくめ》をたのまれてる。だが、ここへ来《き》て、この猛吹雪《もうふぶき》だ。やつがここに着《つ》くのは、明日《あした》の朝《あさ》になりそうだ……なんて思《おも》ってたら、さっき、犬《いぬ》の声《こえ》がしたからよ。もしや、グンナーのやつが、無理《むり》して走《はし》ってきたのかと思《おも》ったんだよ！」

ジャックとアニーは、うつむいて視線《しせん》を交《か》わした。

「あの……、さっき、ノームで聞《き》いたんですけど、どうやら、グンナー・カーセンさんは、ソロモンで、吹雪《ふぶき》がおさまるのを待《ま》つみたいです」

「やっぱりそうか。こんな猛吹雪《もうふぶき》の夜《よる》に走《はし》ろうなんてのは、頭《あたま》のおかしいやつのすることだ。遭難《そうなん》でもして、大事《だいじ》な血清《けっせい》を届《とど》けられなかったら、元《もと》も子《こ》もない」

エドは、そこまで言《い》ってから、急《きゅう》に身《み》を乗《の》りだした。

「おい、ちょっと待《ま》て！　おめえたち、ノームから来《き》たのか？　いったいなんだって、こんな吹雪《ふぶき》の中《なか》を、こんなところまで走《はし》ってきたんだ？」

ジャックは、しどろもどろでこたえた。

「え、えーと……、友《とも》だちのおじさんがけがをして、犬《いぬ》ぞりに乗《の》れなくなったから、犬《いぬ》たちが運動不足《うんどうぶそく》になっちゃって……」

アニーも、話《はなし》をあわせた。

「そう。それで、ちょっとお散歩《さんぽ》に行《い》ってきます、って、出《で》てきたんですけど、道《みち》にまよっちゃって」

「みんな、心配《しんぱい》してると思《おも》うんです。だから、早《はや》く帰《かえ》らないと……」

すると、エドがぴしゃりと言《い》った。

「ばか言《い》うな。吹雪《ふぶき》がおさまるまで、外《そと》には出《で》られねえ。ここでおとなしくしてろ」

ふたりは、うなだれて「はい」と言《い》うほかなかった。

エドは、話《はな》しつづけた。

「おめえたち、〈ホワイトアウト〉って知《し》ってるか？　吹雪《ふぶき》があんまりはげしくなると、降《ふ》ってくる雪《ゆき》と、風《かぜ》に吹《ふ》きあげられた雪《ゆき》とがまざりあって、あたりがまっ白《しろ》になっちまう現象《げんしょう》だ。それで、右《みぎ》も左《ひだり》も、上《うえ》も下《した》も、わからなくなる」

「上《うえ》も下《した》も？」ジャックは、思《おも》わず聞《き》いた。

「ああ。空中《くうちゅう》と地面《じめん》がつながって、境目《さかいめ》がなくなっちまうんだ。犬《いぬ》たちはもちろん、自分《じぶん》が乗《の》ってるそりすら、見《み》えなくなる。そうなったら、いくら名《めい》マッシャーでも、お手上《てあ》げた。どこをどう走《はし》ったらいいか、わからなくなっちまうんだからな」

（『いくら名《めい》マッシャーでも、お手上《てあ》げ』……）ジャックは、おそろしくなった。

「そういうときは、どうするんですか？」アニーが、たずねた。

「そこにじっとして、風《かぜ》がおさまるのを待《ま》つしかねえ。とんでもない方向《ほうこう》に走《はし》って、トレイルをはずれちまえば、道《みち》に迷《まよ》ってそれっきりだ。だが、あるいは……」

「あるいは……？」

「リード犬《けん》を信《しん》じて、まかせるか……。動物《どうぶつ》には、動物《どうぶつ》の勘《かん》っていうやつがあるからな。リード犬《けん》が自分《じぶん》の勘《かん》をたよりに走《はし》ってくれて、助《たす》かるってことも、ある」

ジャックは、リード犬《けん》の大切《たいせつ》さを、あらためて感《かん》じた。

エドさん、ごめんなさい

「足《あし》、動《うご》かしてみろ」エドが言《い》った。

ジャックは、バケツの中《なか》で足《あし》の指《ゆび》を動《うご》かした。いたみは消《き》え、感覚《かんかく》がもどっていた。湯《ゆ》から足《あし》を引《ひ》きあげると、つま先《さき》の皮膚《ひふ》は、うっすら赤《あか》くなっている。

「ああ、もう、だいじょうぶみたいです」

「そうかい。それはよかった。だが、あぶねえところだったな。もうちっと手当《てあ》てがおくれていたら、歩《ある》けなくなるとこだった」

エドが、自分《じぶん》の荷物《にもつ》がはいった袋《ふくろ》から、タオルとくつ下《した》を取《と》りだして、ジャックに投《な》げてよこした。

「ほらよ。そうっと、おさえるようにふくんだ。くつ下《した》は、ちいと大《おお》きいかもしれんが、自分《じぶん》のがかわくまで、それをはいてな」

「ありがとうございます」

ジャックは、タオルで足《あし》をそっとふき、ぶあつい毛糸《けいと》のくつ下《した》をはいた。

「さてと……。おめえたち、食事《しょくじ》は？　スープでもあたためてやるかな」

エドが、棚《たな》からスープの缶《かん》を取《と》り、ふたを開《あ》けて、中身《なかみ》を小鍋《こなべ》にうつした。

「すみません、いま、なん時《じ》ですか？」ふたたび、ジャックがたずねる。

エドが、時計《とけい》を見《み》てこたえた。

「十一時《じゅういちじ》すぎだ。——ほら、そこの洗面器《せんめんき》の水《みず》で、手《て》を洗《あら》え」

ジャックは、どうしたものかまよっていた。

残《のこ》りの時間《じかん》を考《かんが》えたら、いますぐにも、ソロモンに向《む》けて出発《しゅっぱつ》したい。だが、エドは、ぜったいに止《と》めるだろう。『いくら名《めい》マッシャーでも』という、さっきのエドのことばも気《き》になるが、出発《しゅっぱつ》しないわけにはいかない。

ジャックの思《おも》いを察《さっ》して、アニーがこっそりと言《い》った。

「お兄《にい》ちゃん、しばらくようすを見《み》ましょう。きっとチャンスはあるはずよ」

ジャックは観念《かんねん》して、手《て》を洗《あら》った。

「できたぞ。さあ、すわれ」

ふたりは、洗面器《せんめんき》のわきにかけてあるタオルで手《て》をふき、テーブルについた。

エドが、テーブルのまん中《なか》に、クラッカーの箱《はこ》をどんとおいた。そして、ふたりのまえに小《ちい》さなスープ皿《ざら》をおき、あたためたスープを、そそいでくれた。

「どうもありがとう、エドさん」と、アニーが言《い》った。

「ありがとうございます」ジャックも、礼《れい》を言《い》った。

熱《あつ》いスープは、冷《ひ》えきっていたからだを、じんわりあたためてくれる。クラッカーもおいしかった。

食《た》べながら、アニーがたずねた。

「エドさん。アラスカの人《ひと》は、みんな、犬《いぬ》ぞりを持《も》ってるんですか？」

エドは、古《ふる》いひじかけいすにすわって、こたえた。

「むかしは、みんな持《も》っていたさ。いまでも、いざってときは、犬《いぬ》ぞりがいちばん役《やく》に立《た》つ。……だが、いずれは、数《かず》もへっていくだろうな。小型飛行機《こがたひこうき》が、どんどん改《かい》良《りょう》されて、そのうち、長距離輸送《ちょうきょりゆそう》には、もっぱら飛行機《ひこうき》が使《つか》われるようになるだろうよ。雪《ゆき》の上《うえ》を走《はし》れる自動車《じどうしゃ》だって、すでにつくられてる。あとなん年《ねん》か後《のち》には、そういう車《くるま》を、だれもが持《も》てるようになるだろうからな」

「そうなると、便利《べんり》になりますね」ジャックが言《い》った。

「でも、ちょっとさみしいわね」

アニーのことばに、エドが笑《わら》って言《い》った。

「まあな。だが、犬《いぬ》ぞりは、なくならねえよ。犬《いぬ》ぞりは、なん千年《ぜんねん》ものあいだ、このアラスカの大地《だいち》で、人間《にんげん》の暮《く》らしをささえてきたんだ。いくら便利《べんり》な乗《の》り物《もの》ができたとしても、人間《にんげん》と犬《いぬ》とのきずなは、そうかんたんにはなくならねえ」

エドは、楽《たの》しそうに話《はな》しつづける。

「犬《いぬ》にも、いろんな性格《せいかく》があってな。それが、みんなで力《ちから》を合《あ》わせて、一生《いっしょう》けんめい走《はし》ってくれる。マッシャーの指示《しじ》を聞《き》いて、そのとおりに走《はし》る姿《すがた》は、ほんとうにけなげなもんだ。それでいて、うっかりまちがった指示《しじ》を出《だ》そうもんなら、リード犬《けん》が、『えっ、それはちがうんじゃないの?』っていう顔《かお》をするんだ。おもしろいよ」

ジャックとアニーは、思《おも》わず笑《わら》ってしまった。

「いや、ほんとうさ。ほんとうに危険《きけん》なときは、マッシャーの命令《めいれい》を無視《むし》してでも、マッシャーを守《まも》ろうとする。それがリード犬《けん》だ。だから、リード犬《けん》は大事《だいじ》なんだ」

リード犬《けん》と聞《き》いて、アニーがたずねた。

「エドさん、バルトっていう犬《いぬ》を知《し》ってますか？」

「バルト？　ああ、今回《こんかい》の血清《けっせい》リレーで、グンナー・カーセンがリード犬《けん》に選《えら》んだ犬《いぬ》だな。バルトは、もともと、レオナード・セッパラというマッシャーの犬《いぬ》なんだ。だが、彼《かれ》には、トーゴーというりっぱなリード犬《けん》がいる。だからレオナードは、バルトをリード犬《けん》に使《つか》ったことがなかったんだ。それを、今回《こんかい》グンナーが、いきなりリード犬《けん》に選《えら》んだっていうんで、みんな、おどろいてるんだよ」

「どんな犬《いぬ》なんですか？」と、ジャック。

「全身《ぜんしん》まっ黒《くろ》なのに、まえ足《あし》だけ、白《しろ》いくつ下《した》をはいたみたいに白《しろ》いんだ」

「わたし、バルトに会《あ》ってみたいわ」と、アニー。

「ははは……どうかな。主人《しゅじん》以外《いがい》には、なつかないかもしれねえぞ」

「いえ、アニーは、どんな犬《いぬ》とでも、すぐに仲《なか》よくなれるんです」

ジャックが説明《せつめい》すると、すぐにアニーが訂正《ていせい》した。

「犬《いぬ》だけじゃないわ。どんな動物《どうぶつ》とでも、よ」

「ははは……」エドが、また笑《わら》って言《い》った。

「そりゃあ、理想的《りそうてき》なアラスカ人《じん》だ。アラスカ人《じん》は、自然界《しぜんかい》のすべての生《い》き物《もの》は、みんなつながってる、っていう考《かんが》えだからな」

「そうなんですか？」と、ジャック。

「ああ。アラスカの自然《しぜん》はきびしいが、そんななかにもいろんな恵《めぐ》みがある。アラスカ先住民《せんじゅうみん》の祖先《そせん》たちが、この地《ち》で生《い》きのびられたのは、そういう自然《しぜん》の恵《めぐ》みを大切《たいせつ》にしてきたからだ。だから、先住民《せんじゅうみん》は、自然《しぜん》に感謝《かんしゃ》し、どんな動物《どうぶつ》も大事《だいじ》にするのさ。動《どう》物《ぶつ》だけじゃない。魚《さかな》も、鳥《とり》もだ。とらえた獲物《えもの》を、どこも捨《す》てずにぜんぶ利用《りよう》するのも、獲物《えもの》の命《いのち》を尊重《そんちょう》するからだ。肉《にく》は食《た》べ、毛皮《けがわ》や皮《かわ》は服《ふく》や住《す》まいに使《つか》い、骨《ほね》を使《つか》って道具《どうぐ》を作《つく》る。あぶらは、燃料《ねんりょう》にしたり、服《ふく》やブーツの防水剤《ぼうすいざい》にする……という具合《ぐあい》にな。獲物《えもの》も、この大自然《だいしぜん》の中《なか》で、いっしょに生《い》きている命《いのち》だ。その命《いのち》をもらったあとは、こんどは自分《じぶん》といっしょに生《い》きてもらう——そういう考《かんが》えかたなのさ」

「すばらしい考《かんが》えだと思《おも》うわ」

アニーが言《い》った。

「おめえたちが着《き》てる上着《うわぎ》も、ブーツも、手《て》ぶくろも、ぜんぶ動物《どうぶつ》の毛皮《けがわ》だ。ブーツは、防水性《ぼうすいせい》があるアザラシの皮《かわ》。上着《うわぎ》は、軽《かる》くて加工《かこう》がしやすいトナカイの毛皮《けがわ》。いちばん寒《さむ》い季節《きせつ》のコートは、ぶあついホッキョクグマの毛皮《けがわ》だ」

「なるほど」

「いま、おまえがはいてるくつ下《した》は、羊《ひつじ》の毛《け》から作《つく》ってあるだろう?」

「あっ、そうか」

「このカンテラの燃料《ねんりょう》は、動物《どうぶつ》のあぶらだし、ジフテリアの血清《けっせい》も……」

「えっ、血清《けっせい》も?」

「ああ。馬《うま》の血液《けつえき》を使《つか》って作《つく》られるそうだ」

「知《し》らなかった……」

そのとき、エドが、大《おお》きなあくびをした。

「ああ、グンナーの犬《いぬ》ぞりが到着《とうちゃく》するまで……ちょっと、休《やす》むか……。血清《けっせい》を受《う》けついだら、ノームまで必死《ひっし》に走《はし》らなきゃならんからな……」

そう言《い》うと、エドは、背《せ》もたれに頭《あたま》をあずけて、眠《ねむ》りこんでしまった。

アニーがささやいた。

「お兄《にい》ちゃん……チャンスよ」

ジャックがうなずいた。

「ああ。いまのうちに出発《しゅっぱつ》しよう」

ジャックは、そっとストーブに近《ちか》より、かわかしていたブーツとくつ下《した》を手《て》に取《と》った。

ブーツはかわいていたが、くつ下《した》はまだぬれている。

しかたなく、ジャックは、エドがかしてくれたくつ下《した》のまま、自分《じぶん》のブーツをはいた。

ふたりは、いすにかけてあった毛皮《けがわ》のコートを着《き》ると、フードをかぶった。

しのび足《あし》でドアのところまで行《い》き、ふりかえったが、エドが目覚《めざ》める気配《けはい》はない。

アニーが、小声《こごえ》でつぶやいた。

「エドさん。親切《しんせつ》にしてくれて、どうもありがとう」

ジャックも、小《ちい》さな声《こえ》で、あやまった。

「助《たす》けていただいたのに……言《い》うことを聞《き》かなくて、ごめんなさい」

それから、そっとドアを開《あ》けて、外《そと》にすべり出《で》た。

小屋《こや》の外《そと》は、目《め》を開《あ》けていられないほどの猛吹雪《もうふぶき》になっていた。

ふたりは、頭《あたま》をさげて、犬《いぬ》たちのいる小屋《こや》に向《む》かった。

犬《いぬ》たちは、わらの上《うえ》で、丸《まる》くなって寝《ね》ていた。

ジャックとアニーがはいっていくと、リード犬《けん》のジョーとユーコンが目《め》を覚《さ》まし、ほかの六頭《ろくとう》も、つぎつぎに立《た》ちあがった。

ふたりは、手早《てばや》く犬《いぬ》たちにハーネスをつけ、そりの引《ひ》き綱《づな》につないだ。

その作業《さぎょう》をするだけで、もう手《て》がしびれるほどいたい。ふたりはいそいで、手《て》ぶくろをはめた。

ジャックが、スノーフックをはずそうとすると、アニーが言《い》った。

「お兄《にい》ちゃん。エドさんが目《め》を覚《さ》まして、わたしたちがいないとわかったら、どう思《おも》うかしら。きっと、すごくおこるわね……」

それを聞《き》いて、ジャックは、はっと思《おも》いだした。

「アニー、大事《だいじ》なことをわすれてた！」

「なあに？」

「銀《ぎん》の粉《こな》だよ」

「銀《ぎん》の粉《こな》……。あっ、そうか！　エドさんに、わたしたちに会《あ》ったことを、わすれてもらうのね！」

ジャックは、犬《いぬ》たちに「ステイ！」と指示《しじ》をすると、ふたりで小屋《こや》にもどった。

エドは、いびきをかいて眠《ねむ》っていた。

アニーが、コートのポケットから、青《あお》く光《ひか》るびんを取《と》りだした。

ふたを開《あ》けると、中《なか》に、星《ほし》を集《あつ》めたかのように光《ひか》る銀色《ぎんいろ》の粉《こな》がはいっていた。

「この粉《こな》は、あとなん回使《かいつか》うかわからないから、いまはすこしだけね」

アニーが小声《こごえ》で言《い》って、粉《こな》をひとつまみ、手《て》のひらに取《と》り、ねがいをとなえた。

「エドさんの記憶《きおく》から、わたしたちのことが消《き》えますように！」

そして、粉《こな》を部屋《へや》の中《なか》に飛《と》ばした。

粉《こな》は、きらきら舞《ま》ったかと思《おも》うと、やがて、静《しず》かに消《き》えていった。

小屋《こや》の中《なか》には、エドの寝息《ねいき》だけが聞《き》こえている。

ふと見《み》ると、テーブルの上《うえ》のスープ皿《ざら》やスプーンが、消《き》えていた。棚《たな》には、飲《の》んだはずのスープの缶《かん》が、開《あ》けるまえの状態《じょうたい》でのっている。

ストーブのまえでかわかしていた、ジャックのぬれたくつ下《した》も、なくなっていた。

「これで、わたしたちは、ここに来《こ》なかったことになったのね」と、アニー。

「あれ？」

ジャックがブーツの中《なか》をのぞくと、はいていたのは、エドのくつ下《した》だ。

「エドさん、ごめんなさい。くつ下《した》を一足《いっそく》なくしたと思《おも》うかもしれないけど、ぼくがかりていきます……」

「そうね。ごめんなさい、エドさん」

ふたりは、ふたたび外《そと》に出《で》ると、静《しず》かにドアを閉《し》めた。

「さあ、いそごう」

犬《いぬ》たちのところにもどると、リード犬《けん》のジョーが、ワンワンとほえて、うれしそうに飛《と》びはねた。この吹雪《ふぶき》でも、早《はや》く走《はし》りたくてしかたがないようだ。

「お兄《にい》ちゃん、そりの操縦《そうじゅう》はできる？」

「うん。できそうだから、最初《さいしょ》はぼくがやるよ」

「いいわ。交代《こうたい》したいときは、いつでも言《い》ってね」

アニーが、スノーフックを引《ひ》きぬいて、そりに乗《の》りこんだ。

ジャックがランナーに足《あし》をのせ、犬《いぬ》たちに声《こえ》をかける。

「さあみんな、ソロモンまで、がんばろう！」

ジャックの声《こえ》にこたえて、犬《いぬ》たちがほえた。

まるで『オーケー、まかせて！』と言《い》っているかのようだ。

「ラインアウト！」

犬《いぬ》たちが姿勢《しせい》を正《ただ》し、綱《つな》がぴんと張《は》られた。

「ハイク！」

八頭《はっとう》のハスキー犬《けん》は、ふたたび、荒《あ》れくるう吹雪《ふぶき》の中《なか》へと走《はし》りだした。

鈴《すず》の音《ね》が聞《き》こえる

もうれつな向《む》かい風《かぜ》が、吹《ふ》きつける。

凍《こお》った雪《ゆき》が、石《いし》つぶてのように、びしびしと顔《かお》にあたった。

ジャックは、おくれを取《と》りもどそうと、必死《ひっし》にそりをあやつった。

だが、トレイルには、吹《ふ》きよせられた雪《ゆき》が、あちこちで雪《ゆき》だまりをつくっている。

うっかりそれに乗《の》りあげたら、そりは、ひとたまりもなく横転《おうてん》してしまうだろう。

ジャックは、意識《いしき》を集中《しゅうちゅう》させて、つぎつぎとあらわれる雪《ゆき》だまりをよけていった。

そのたびに、そりは、右《みぎ》に左《ひだり》に大《おお》きくゆれた。

アニーは、なんども、そりからころげ落《お》ちそうになったが、文句《もんく》を言《い》うどころか、歓声《かんせい》をあげている。

（アニーのやつ、ジェットコースターにでも乗《の》ってるつもりなんじゃ……）

そう思《おも》った瞬間《しゅんかん》、そりは、もうすこしで、雪《ゆき》だまりに乗《の》りあげそうになった。

（ああ、あぶなかった……！）

ジャックは、気《き》を引《ひ》きしめなおして、そりの操縦《そうじゅう》に集中《しゅうちゅう》した。

犬《いぬ》たちは、頭《あたま》をさげて風《かぜ》と雪《ゆき》をしのぎながら、走《はし》りつづける。

しかし、またも、めがねに雪《ゆき》が凍《こお》りつき、視界《しかい》があやしくなってきた。

（そろそろ、交代《こうたい》してもらったほうがよさそうだ）

ジャックがそう思《おも》った直後《ちょくご》、ゴオォォォ――――ッと大地《だいち》がうなるような音《おと》がして、すさまじい突風《とっぷう》が巻《ま》きおこった。

つぎの瞬間《しゅんかん》、犬《いぬ》たちや、そりにつけたカンテラの明《あ》かり、そして、すぐ目《め》のまえにすわっているはずのアニーの姿《すがた》が、視界《しかい》から完全《かんぜん》に消《き》えてしまった。

あたりは、ただまっ白《しろ》なだけ。右《みぎ》も左《ひだり》も、上《うえ》も下《した》もわからない。

（これが……ホワイトアウトか!?）

ジャックは、あわてて片足《かたあし》を地面《じめん》におろし、そりを止《と》めようとした。

そのとき――

そりが、大《おお》きくバウンドし、ジャックのからだが、空中《くうちゅう》に舞《ま》った。

「フォ！　フォ！　あ――――――っ！」

ジャックは、頭《あたま》から、雪《ゆき》だまりの中《なか》につっこんだ。

(い、息《いき》ができない!)

必死《ひっし》に雪《ゆき》をかいて、なんとか雪《ゆき》の中《なか》から顔《かお》を出《だ》したものの、めがねに雪《ゆき》がこびりついていて、なにも見《み》えない。

そりはどうしただろう……。アニーは?

「お兄《にい》ちゃ――ん! どこ――?」

アニーが呼《よ》んでいる。

(ここだ! ここだよ!)

さけんだつもりだったが、口《くち》の中《なか》にも雪《ゆき》がつまって、声《こえ》が出《で》なかった。

ジャックは、雪《ゆき》を吐《は》きだして、もう一度《いちど》さけんだ。

「ア、アニー! ここだー……!」

かすれた声《こえ》でさけびながら、手足《てあし》をめちゃくちゃに動《うご》かす。だが、もがけばもがくほど、雪《ゆき》の中《なか》に埋《う》もれていくような気《き》がした。

そのとき、アニーの手《て》が、ジャックの手《て》ぶくろをつかんだ。

アニーに引《ひ》っぱられて、ジャックは、ようやく雪《ゆき》だまりの中《なか》から抜《ぬ》けだした。

「ああ……アニー。ありがとう！」

ジャックが、頭《あたま》の雪《ゆき》をふりはらいながら、つぶやいた。

「まったく！　人《ひと》の命《いのち》を助《たす》けに来《き》たっていうのに、ぼくが助《たす》けられてばっかりだ！」

それから、あわててたずねた。

「そりは、どうした？　アニーは、けがはないか？」

「わたしはだいじょうぶ。だけど、そりが……」と、アニー。

ジャックは、カンテラをひろって、そりをさがした。

そりは、トレイルの上《うえ》で横《よこ》だおしになっていた。

ほとんどの犬《いぬ》は、自力《じりき》で立《た》ちあがっていたが、引《ひ》き綱《づな》がからまって、動《うご》けなくなっている犬《いぬ》もいる。

ふたりは、横転《おうてん》したそりを起《お》こし、犬《いぬ》たちを雪《ゆき》の中《なか》から引《ひ》っぱりだした。

「ごめんね」

「ごめんな」

ふたりは、一頭一頭《いっとういっとう》に声《こえ》をかけながら、からまった綱《つな》をほどき、八頭《はっとう》の犬《いぬ》たちを、整列《せいれつ》させた。

ようやく立《た》てなおしたところで、ジャックが言《い》った。

「アニー。ぼくたち、名《めい》マッシャーのはずなのに、事故《じこ》が多《おお》すぎないか？」

アニーがこたえた。

「エドさんも、ひやっとすることが、よくあるって言《い》ってたわ。たとえ、ベテランのマッシャーでも、こういう事故《じこ》はよくおきるっていうことじゃない？」

「そうか。オーキのおじさんも、犬《いぬ》ぞりの事故《じこ》でけがをしたって、言《い》ってたもんな」

ジャックは、アラスカの大自然《だいしぜん》のこわさを思《おも》い知《し》った気《き》がした。

「お兄《にい》ちゃん、ここからは、わたしが操縦《そうじゅう》する！」

「うん、たのむ」

アニーがそりのうしろにまわり、ハンドルバーをつかんだ。

ジャックが、そりに乗《の》りこんだ。

「あちこちに雪《ゆき》だまりができてるから、気《き》をつけて」と、ジャック。

「わかってる」

アニーが、号令《ごうれい》をかける。

「ラインアウト！」

だが、アニーのつぎのコマンドが聞《き》こえてこない。

「アニー……どうした？」

ジャックがふりかえると、アニーは、じっと聞《き》き耳《みみ》を立《た》てていた。

「お兄《にい》ちゃん、あの音《おと》……聞《き》こえる？」

ジャックは、耳《みみ》をすました。

だが、聞《き》こえるのは、ピュウー、ピュウーという風《かぜ》の音《おと》だけだ。

「アニー、なにが聞《き》こえるんだ？」と、ジャック
「鈴《すず》の音《ね》……！」

もう一度《いちど》耳《みみ》をすますと、こんどは、ジャックにも聞《き》こえてきた。

チリン、チリリン、チリン……

犬《いぬ》ぞりの鈴《すず》の音《ね》だ。こっちに向《む》かって、近《ちか》づいてくる！

「もしかして……グンナー・カーセンの犬《いぬ》ぞり!?」ジャックがさけんだ。

「きっと、そうよ！　行《い》きましょう！　ハイク！」

犬《いぬ》たちが、いっせいに走《はし》りだした。

(それにしても、おかしいぞ。グンナー・カーセンには、『吹雪《ふぶき》がおさまるまで、ソロモンで待機《たいき》するように』っていう指令《しれい》が出《で》ているはずなのに……)

突然《とつぜん》、鈴《すず》の音《ね》が消《き》えた。

「フォ！」

アニーが、そりを止《と》めた。

ワン、ワン！　ウォン、ウォン！　ウォーン、ウォーン！

吹雪《ふぶき》のむこうから、犬《いぬ》たちのほえる声《こえ》が、かすかに聞《き》こえてくる。

「なんだか、ようすが変《へん》だ。いそいで行《い》ってみよう！」

アニーが、すぐに指示《しじ》を出《だ》した。

「ハイク！　ストレート・アヘッド！」

消《き》えた血清《けっせい》

ジャックたちのそりは、鳴《な》き声《ごえ》のするほうへと、まっしぐらに走《はし》っていった。

まもなく、暗闇《くらやみ》の中《なか》に、十頭《じっとう》ほどの犬《いぬ》が立《た》ち往生《おうじょう》しているのが見《み》えてきた。

みな、雪《ゆき》の中《なか》から立《た》ちあがろうと、必死《ひっし》にもがいている。しかし、そりの引《ひ》き綱《づな》がからまりあって、自分《じぶん》たちではどうにもならないようすだ。

「フォ！」

アニーがそりを止《と》めると、ジャックは飛《と》びおりて、そりを固定《こてい》した。

犬《いぬ》たちに「ステイ！」と号令《ごうれい》をかけ、ふたりは、事故現場《じこげんば》にかけよった。

カンテラをかざすと、ひっくりかえったそりが、雪《ゆき》の中《なか》に半分埋《はんぶんう》まっているのが見《み》えた。

「マッシャーがいないわ！」

「きっと近《ちか》くにいるはずだ！」

ジャックが、あたりをさがしはじめた。

「あなたたち、すぐに助《たす》けてあげるから、ちょっと待《ま》ってね」

アニーは、犬《いぬ》たちに声《こえ》をかけると、ジャックといっしょにマッシャーをさがした。

そりの下《した》じきになっていないかと、雪《ゆき》を掘《ほ》ってみたが、そこにはだれもいなかった。

アニーが、カンテラをかかげた。

「お兄《にい》ちゃん！　あそこ！」

すこしはなれた雪《ゆき》だまりに、男《おとこ》の人《ひと》が倒《たお》れているのが見《み》えた。

からだの半分《はんぶん》が、雪《ゆき》の中《なか》に埋《う》まっている。

ふたりは、必死《ひっし》に雪《ゆき》を掘《ほ》って、男《おとこ》の人《ひと》を引《ひ》きずりだした。

「だいじょうぶ。気《き》を失《うしな》っているだけだ」

ジャックは、スイスのアルプスで、雪崩《なだれ》に巻《ま》きこまれた兵士《へいし》を救助《きゅうじょ》したときのことを思《おも》いだし、男《おとこ》の人《ひと》の顔《かお》をこすりながら、大声《おおごえ》で呼《よ》びかけた。

「もしもし！　もしもし！　グンナー・カーセンさんですか？」

呼《よ》びかけつづけていると、やがて、男《おとこ》の人《ひと》がうっすらと目《め》を開《あ》けた。

小《ちい》さく片手《かたて》をあげて、「そ……そうだ」と、かすれた声《こえ》でこたえた。

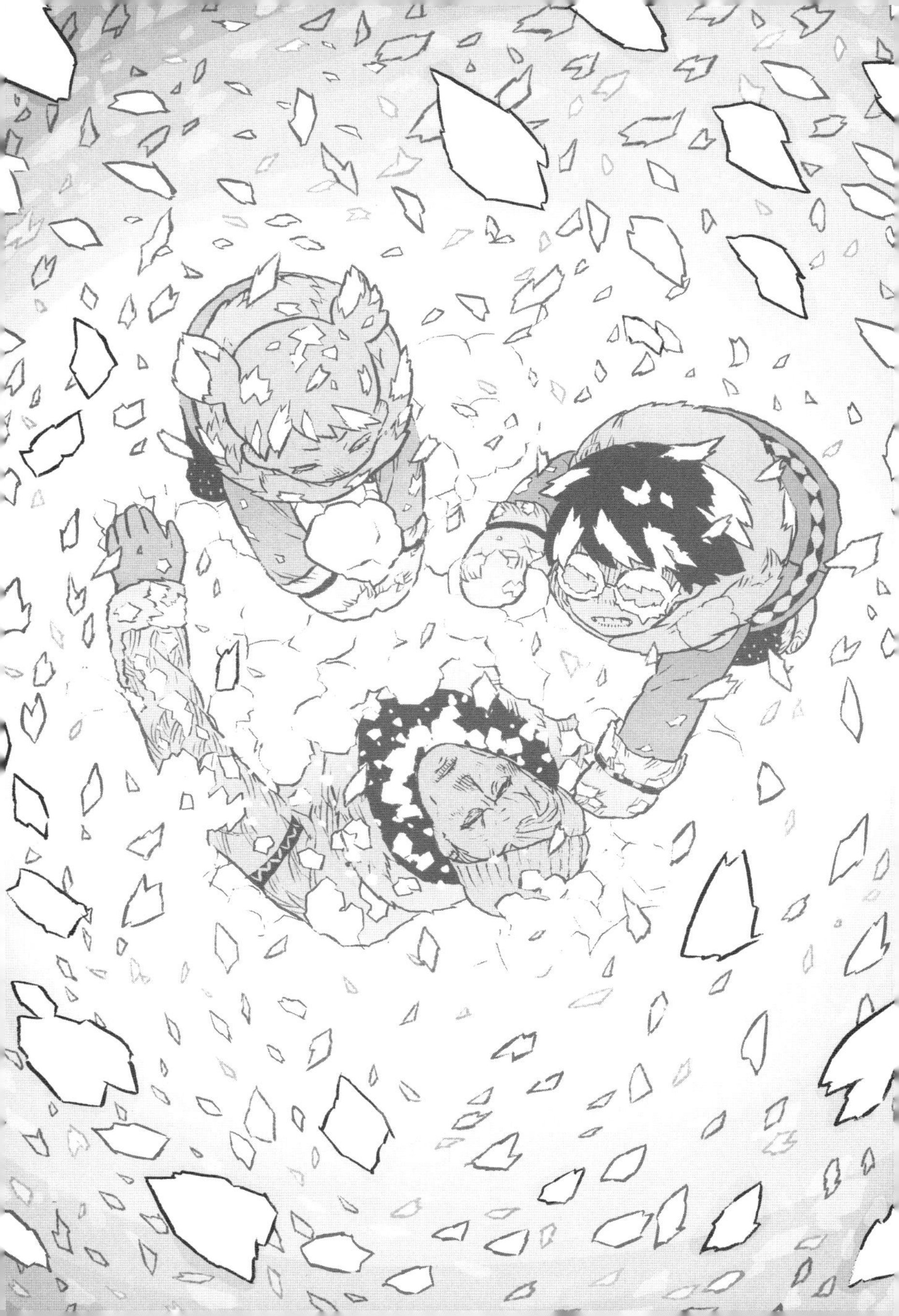

「ああ、気《き》がついてよかった！　起《お》きられますか？」

ジャックとアニーは、グンナーがからだを起《お》こすのを手伝《てつだ》った。

「グンナーさん、血清《けっせい》を運《はこ》んでいるんですよね？　吹雪《ふぶき》がおさまるまで、ソロモンで待機《たいき》しているはずじゃなかったんですか？」

グンナー・カーセンが、おどろいて言《い》った。

「なんだって？　そんな連絡《れんらく》が来《き》てたのか……。知《し》らなかったよ！　吹雪《ふぶき》でトレイルが見《み》えなくなって、気《き》づいたら、ソロモンの休憩所《きゅうけいじょ》を通《とお》りこしてたんだ！　もどっているひまはないと思《おも》ったから、そのまま走《はし》りつづけたんだよ。そうしたら、ここで、突風《とっぷう》を受《う》けて、そりごと吹《ふ》きとばされた！　あっという間《ま》だった」

それから、はっとして言《い》った。

「そ、そりは？　犬《いぬ》たちは？」

ジャックたちは、グンナーを、ひっくりかえったそりのところへつれていった。

犬《いぬ》たちは、まだ、半分雪《はんぶんゆき》に埋《う》もれた状態《じょうたい》で、もがいていた。

「これはいかん……！　きみたち、手伝《てつだ》ってくれ」

犬《いぬ》たちを一頭《いっとう》ずつ、ハーネスをつかんで、雪《ゆき》の中《なか》から引《ひ》っぱりあげる。

「みんな、もうだいじょうぶよ」

アニーは、犬《いぬ》たちに声《こえ》をかけながら、からんだ引《ひ》き綱《づな》をほどいてやった。

グンナー・カーセンのそり犬《いぬ》は、ぜんぶで十三頭《じゅうさんとう》いた。

先頭《せんとう》は、まっ黒《くろ》なハスキーで、まえ足《あし》だけが、まるで白《しろ》いくつ下《した》をはいているかのように、まっ白《しろ》な毛《け》におおわれている。

「グンナーさん、この犬《いぬ》が、バルト？」アニーが、たずねた。

グンナー・カーセンがこたえた。

「そうだ。すばらしいリード犬《けん》だよ。今回《こんかい》のリレーでは、なんど助《たす》けられたことか」

「こんにちは、バルト！」

アニーが、バルトの頭《あたま》をなでてあいさつすると、バルトはうれしそうに、アニーの顔《かお》をぺろぺろとなめた。首《くび》の鈴《すず》が、チリン、チリンと鳴《な》った。

アニーは、バルトの首《くび》に抱《だ》きついて言《い》った。

「バルト、あなたのうわさを、たくさん聞《き》いたわ。会《あ》いたかった！」

そのとき、グンナーがさけび声《ごえ》をあげた。

「た、たいへんだ！」

ジャックとアニーが、ふりかえった。

「血清《けっせい》が……ない！」

「血清《けっせい》がない？」

ジャックは、聞《き》きまちがえたのかと思《おも》った。

だが、グンナーは、雪《ゆき》をかきわけ、狂《くる》ったようにさがしはじめた。

「どこだ？　どこなんだ!?」

手《て》ぶくろをしている手《て》ではさがせないと思《おも》ったのか、手《て》ぶくろをむしり取《と》り、素手《すで》で雪《ゆき》の中《なか》をさぐっている。

そんなことをしていたら、すぐに手《て》が凍傷《とうしょう》になってしまう。

ジャックが、あわてて言《い》った。

「ぼくたちもいっしょにさがします。血清《けっせい》は、どんなものにはいってるんですか？」

「金属《きんぞく》の筒《つつ》だ！　大《おお》きさはこのくらい」

グンナーが、手《て》で大《おお》きさを示《しめ》した。

「一〇キロ近《ちか》くあるから、雪《ゆき》の中《なか》に沈《しず》んでしまってる可能性《かのうせい》がある！」

三人《さんにん》で必死《ひっし》にさがしたが、血清《けっせい》の筒《つつ》は、いっこうに見《み》つからなかった。

刻々《こっこく》と時間《じかん》がすぎていく。ジャックは、魔法《まほう》の残《のこ》り時間《じかん》が心配《しんぱい》になってきた。

「ここで、そりがひっくりかえった状況《じょうきょう》から考《かんが》えて……」

グンナーは、さらに範囲《はんい》を広《ひろ》げてさがしたが、見《み》つからない。

「ああ……どこだ！　どこに落《お》ちたんだ！　たのむ！　出《で》てきてくれ！」

グンナーは、悲鳴《ひめい》に近《ちか》い声《こえ》をあげながら、雪《ゆき》の上《うえ》をはいずりまわった。

「そうだわ！」

突然《とつぜん》、アニーが、犬《いぬ》たちのほうへ走《はし》っていった。バルトのまえにしゃがみこむと、バルトの顔《かお》を両手《りょうて》ではさみ、じっと目《め》を見《み》つめて、なにか話《はな》している。

バルトも、茶色《ちゃいろ》い目《め》で、アニーの顔《かお》を見《み》つめかえしている。

突然《とつぜん》、バルトが頭《あたま》をあげた。鼻《はな》と耳《みみ》をしきりに動《うご》かし、宙《ちゅう》を見《み》つめていたかと思《おも》うと、ワン！とほえて、走《はし》りだそうとした。

バルトが引《ひ》き綱《づな》を引《ひ》っぱったので、あとの十二頭《じゅうにとう》も、バルトに引《ひ》きずられた。

雪《ゆき》を掘《ほ》っていたグンナーが、顔《かお》をあげて、あわてて号令《ごうれい》する。

「バルト！　どうした！　ステイ！　ステイ！」

そこへ、アニーが割《わ》ってはいった。

「グンナーさん、バルトが血清《けっせい》を見《み》つけてくれるわ。引《ひ》き綱《づな》をはずしてあげて！」

グンナー・カーセンは、首《くび》をふった。

「そんなことできるわけがない。リード犬《けん》を引《ひ》き綱《づな》からはなすなんて……」

だが、バルトは、「ぼくに行《い》かせて！」とでも言《い》うように、足《あし》をばたばたさせている。

ジャックも加勢《かせい》した。

「グンナーさん、バルトは、なにをしなければいけないか、わかっているみたいです。

引《ひ》き綱《づな》をといてあげてください」

「グンナーさん！　おねがい！」

アニーの真剣《しんけん》な表情《ひょうじょう》に、グンナーはしぶしぶ、バルトを引《ひ》き綱《づな》から解放《かいほう》した。

そのとたん、バルトは、だっと走《はし》りだし、すこし先《さき》の雪《ゆき》だまりに鼻先《はなさき》をつっこんだ。

すぐに、鼻先《はなさき》を雪《ゆき》まみれにして顔《かお》をあげ、ワン！と、ひと声《こえ》ほえた。

アニーがさけんだ。

「グンナーさん、あそこ！」

グンナーが、雪《ゆき》だまりに飛《と》びこみ、両手《りょうて》で雪《ゆき》をかきわけた。

「あった！　あった！　あったよ！」

グンナーは、泣《な》き声《ごえ》とも笑《わら》い声《ごえ》ともつかない声《こえ》でくりかえすと、雪《ゆき》の中《なか》から筒《つつ》をかかえあげ、ひしとかき抱《いだ》いた。

それから、片手《かたて》をのばして、バルトの頭《あたま》をくしゃくしゃになでながら言《い》った。

「バルト！　ありがとう！　おまえは、なんてすばらしい犬《いぬ》だ！」

「やったね！」

ジャックとアニーは、グンナーのうしろで、手《て》ぶくろのこぶしをつき合《あ》わせた。

ノームへ、いそげ！

グンナー・カーセンは、血清《けっせい》のはいった筒《つつ》を、そりのかごにしっかりと結《むす》びつけた。

それから、ジャックとアニーをふりかえった。

「きみたち、助《たす》けてくれて、ほんとうにありがとう！　この恩《おん》は、一生《いっしょう》わすれないよ！

わたしは、時間《じかん》をロスしてしまったから、先《さき》をいそぐが、きみたちはどうする？」

ジャックは、グンナー・カーセンのそりに、明《あ》かりがないことに気《き》がついた。

ジャックは、オーキからあずかったカンテラをさし出《だ》して、言《い》った。

「これを持《も》っていってください。ぼくたち、あとからついていきますから！」

グンナーは、ジャックたちのそりが、反対方向《はんたいほうこう》を向《む》いているのを見《み》て、言《い》った。

「きみたちは、どこかへ行《い》く途中《とちゅう》じゃなかったのか？」

「あ、いえ……」

ジャックが口《くち》ごもっていると、アニーがきっぱりと言《い》った。

「用《よう》がすんだので、わたしたちも、ノームに帰《かえ》ります！」

グンナーは、力強《ちからづよ》くうなずいた。

「それじゃ、かりるよ！　感謝《かんしゃ》する！」

グンナーは、そりのランナーに足《あし》をのせ、犬《いぬ》たちに声《こえ》をかけた。

「ラインアウト！　ハイク！」

グンナーが、出発《しゅっぱつ》していった。

「ぼくたちも、いそごう」

ジャックが、スノーフックをはずすと、アニーが言《い》った。

「ここからは、わたしが操縦《そうじゅう》するわ」

「うん、たのむ！　必要《ひつよう》なら、ポート・セーフティで、交代《こうたい》するよ！」

アニーが、ふと言《い》った。

「そういえば、エドさんは、ポート・セーフティで、グンナーさんから血清《けっせい》を受《う》けついで、ノームまで運《はこ》ぶって言《い》ってたわ。それなのに、バルトは、どうしてあんなに有《ゆう》名《めい》になったの？」

「さあ、どうしてかな。そんなことより、早《はや》く出発《しゅっぱつ》しよう！　グンナーさんの明《あ》かりを見失《みうしな》っちゃうよ」

アニーが位置《いち》につき、ジャックがそりに乗《の》りこむと、アニーが号令《ごうれい》した。

「カムジー！（右《みぎ》へU《ユー》ターン！）」

「ハイク！」

そりがU《ユー》ターンして、来《き》た道《みち》をもどりはじめた。

吹雪《ふぶき》は、いっこうにおさまる気配《けはい》がない。

吹雪《ふぶき》にさえぎられ、グンナーのカンテラの光《ひかり》を、なんどか見失《みうしな》いかけた。だが、バルトの首《くび》につけた鈴《すず》の音《ね》が、とぎれることなく聞《き》こえていたので、ふたりのそりは順《じゅん》調《ちょう》に走《はし》ることができた。

ジャックたちがポート・セーフティに着《つ》くと、先《さき》に着《つ》いたグンナー・カーセンが、休憩所《きゅうけいじょ》の中《なか》にはいっていくのが見《み》えた。

「血清《けっせい》リレーは、ここでエドさんに交代《こうたい》するのね」

「アニー。エドさんには、はじめて会《あ》うふりをしなきゃだめだよ」

「あっ、そうか。わたしたちのことは、エドさんはすっかりわすれてるはずだものね」

そのとき、グンナー・カーセンが、小屋《こや》から飛《と》びだしてきた。

ジャックが、おどろいてたずねた。

「グンナーさん、どうしたんですか？」

「わたしはここで、エド・ローンに血清《けっせい》を引《ひ》きつぐことになってたんだ。だが、エドはぐっすり眠《ねむ》っていたよ。今夜《こんや》はもう、わたしが来《こ》ないと思《おも》ったんだろう。起《お》こして、それから犬《いぬ》ぞりのしたくをしていたら、出発《しゅっぱつ》まで時間《じかん》がかかってしまう！　バルトたちはまだ走《はし》れそうだから、血清《けっせい》は、わたしがこのままノームまで運《はこ》ぶよ！」

グンナー・カーセンは、そう言《い》って、そりに飛《と》びのると、犬《いぬ》たちに号令《ごうれい》をかけて、出発《しゅっぱつ》してしまった。

ジャックとアニーは、顔《かお》を見合《みあ》わせて、うなずいた。

「よし、ぼくたちも、グンナーさんを追《お》いかけよう！」

「みんな、あとすこしよ！　ハイク！」

アニーは、そりをトレイルにもどすと、まえを行《い》くグンナーのそりを追《お》って、走《はし》りだした。

血清《けっせい》をのせたグンナー・カーセンのそりは、海岸《かいがん》ぞいのトレイルを、ノームの町《まち》に向《む》かって、ひた走《はし》った。

ジャックとアニーのそりは、バルトの鈴《すず》の音《ね》をたよりに、追《お》いかける。まるで、ジャックたちの犬《いぬ》も、バルトにリードされているかのようだ。

いつの間《ま》にか雪《ゆき》と風《かぜ》はやみ、吹雪《ふぶき》はおさまっていた。

見上《みあ》げると、雲《くも》の切《き》れ間《ま》に、星《ほし》がまたたいている。

バルトを先頭《せんとう》にした二十一頭《にじゅういっとう》の犬《いぬ》と、二台《にだい》のそりは、晴《は》れていく空《そら》の下《した》を、一本《いっぽん》の線《せん》となって走《はし》っていく。

やがて、雪原《せつげん》のむこうに、教会《きょうかい》の塔《とう》が見《み》えてきた。

アニーがさけんだ。

「お兄《にい》ちゃん！　ノームの町《まち》よ！　わたしたち、帰《かえ》ってきたわ！」

ジャックもさけんだ。

「ひゃっほー！　まだ夜明《よあ》けまえだ！　魔法《まほう》が切《き》れるまえに着《つ》けてよかった！」

バルトが引《ひ》っぱるグンナー・カーセンのそりは、まっすぐ町《まち》へ向《む》かっていった。

あちこちの家《いえ》の軒先《のきさき》に、カンテラの明《あ》かりがかかげられていた。吹雪《ふぶき》の中《なか》、血清《けっせい》を運《はこ》ぶ犬《いぬ》ぞりの無事《ぶじ》を祈《いの》って、町《まち》の人々《ひとびと》が、ひと晩《ばん》じゅう灯《とも》していたのだ。

犬《いぬ》ぞりが町《まち》にはいっていくと、だれかがさけんだ。

「犬《いぬ》ぞりだ！　血清《けっせい》をのせた犬《いぬ》ぞりが、来《き》たぞー!!」

人々《ひとびと》が、家々《いえいえ》から飛《と》びだしてくるのが見《み》えた。

リード犬《けん》バルトは、町《まち》にはいってからも、スピードをゆるめようとはしなかった。

人々《ひとびと》が歓声《かんせい》をあげ、手《て》をふる中《なか》を、血清《けっせい》をのせた犬《いぬ》ぞりは、なおも走《はし》りつづける。

メイナード・コロンバス病院《びょういん》のまえでは、市長《しちょう》やウェルチ医師《いし》、看護師《かんごし》、入院《にゅういん》している患者《かんじゃ》の家族《かぞく》たちが集《あつ》まって、犬《いぬ》ぞりを待《ま》っていた。

グンナーのそりが、ついに病院《びょういん》に到着《とうちゃく》した。

そりが止《と》まると、人々《ひとびと》がそりを取《と》りかこんだ。

遠《とお》くからそのようすを見《み》ていたアニーが、笑顔《えがお》で言《い》った。

「血清《けっせい》は、無事到着《ぶじとうちゃく》ね。これで、みんな助《たす》かるわ！」

ジャックも、うなずいて言《い》った。

「うん。よかった！　ほんとうによかった！」

ふたりは、だれも見《み》ていないところで、ハイタッチを交《か》わした。

「それじゃ、ぼくたちは、オーキたちの家《いえ》に帰《かえ》ろう」

アニーがあやつる犬《いぬ》ぞりは、海岸《かいがん》にあるオーキたちの家《いえ》に向《む》かった。

家《いえ》のまえには、オーキが灯《とも》しておいてくれた明《あ》かりがあった。

明《あ》かりの下《した》でそりを止《と》めると、中《なか》から、オーキが飛《と》びだしてきた。

ワン、ワン！　ワン、ワン！　ウォン、ウォン！　ウォン、ウォン！

犬《いぬ》たちがうれしそうに、オーキに向《む》かってほえる。

「ジャック、アニー、みんな、お帰《かえ》り!!」

おじさんも、つえをついて出《で》てきた。

「それで、血清《けっせい》は……？」

「血清《けっせい》は、グンナー・カーセンさんが無事《ぶじ》に病院《びょういん》に届《とど》けました。ぼくたち、途中《とちゅう》で事《じ》故《こ》をおこして気《き》を失《うしな》っていたカーセンさんを見《み》つけたので、助《たす》けて、いっしょにもどってきたんです」

「そうか。あの吹雪《ふぶき》の中《なか》で、グンナー・カーセンを助《たす》けたとは……。おまえたちは、たいしたものだ」

「あ、いえ……この犬《いぬ》たちのおかげです」

見《み》ると、犬《いぬ》たちは、雪《ゆき》の上《うえ》に足《あし》をほうりだして、寝《ね》そべっていた。

引《ひ》き綱《づな》を持《も》ちあげると、犬《いぬ》たちは、すぐに起《お》きあがった。オーキは、一頭一頭《いっとういっとう》の頭《あたま》をなでながら、引《ひ》き綱《づな》からはなし、柵《さく》の中《なか》に入《い》れていった。

ジャックとアニーは、柵《さく》の中《なか》で、犬《いぬ》のハーネスをはずすのを手伝《てつだ》った。

オーキが、水《みず》とエサを用意《ようい》するあいだ、ジャックとアニーは、犬《いぬ》たちの足《あし》やからだをマッサージしてやった。

犬《いぬ》たちは、エサをたいらげると横《よこ》になり、すぐに目《め》を閉《と》じた。おなかに、首《くび》をつっこんでいるのもいれば、ふさふさの尾《お》で鼻先《はなさき》をつつむようにして寝《ね》ているのもいる。

「かわいい」

アニーが、思《おも》わずつぶやくと、そのしっぽが、ぱたぱたと動《うご》いた。

眠《ねむ》っているようで、ちゃんと聞《き》いているのだ。

「ゆっくりおやすみ」

三人《さんにん》は、柵《さく》の外《そと》に出《で》た。

いつの間《ま》にか夜《よ》が明《あ》け、あたりは明《あか》るくなっていた。

オーキのおじさんが言《い》った。

「オーキ。母《かあ》さんたちに、会《あ》いに行《い》こう」

「歩《ある》ける？」と、オーキ。

「ああ。ゆっくり歩《ある》いていくよ」

「オーキ、わたしたちも、いっしょに行《い》くわ」

海岸《かいがん》ぞいの道《みち》を、四人《よにん》は、町《まち》に向《む》かって歩《ある》いていった。

朝日《あさひ》をあびて、雪原《せつげん》がきらきら光《ひか》っている。凍《こお》った海《うみ》も、青《あお》く輝《かがや》いている。

「なんてきれいな景色《けしき》！」アニーが言《い》った。

アラスカの大自然《だいしぜん》は、きびしいだけではなかった。こんな美《うつく》しい風景《ふうけい》も見《み》せてくれるのだ……。

ジャックも心《こころ》から感動《かんどう》した。

さよなら、バルト

病院《びょういん》のまえには、人《ひと》だかりができていた。

グンナー・カーセンと、メイヤード市長《しちょう》を、新聞記者《しんぶんきしゃ》たちが取《と》りかこんでいる。

そばで、グンナーの十三頭《じゅうさんとう》の犬《いぬ》が、そりにつながれたまま、思《おも》い思《おも》いのかっこうで休《やす》んでいた。

オーキが、興奮《こうふん》して言《い》った。

「新聞記者《しんぶんきしゃ》が、あんなに集《あつ》まってる！　グンナー・カーセンと犬《いぬ》たちが、写真《しゃしん》を撮《と》られてるよ。おまえたちも行《い》かなくちゃ。血清《けっせい》を運《はこ》ぶのを手伝《てつだ》ったんだから……」

オーキが、走《はし》りだした。

いっしょに行《い》こうとするアニーの腕《うで》を、ジャックがつかんで、引《ひ》きもどした。

「アニー。銀《ぎん》の粉《こな》の出番《でばん》だ」

「あっ、そうか……。グンナーさんが、わたしたちのことをしゃべらないうちにね」

アニーが、コートのポケットから、青《あお》く光《ひか》るびんを取《と》りだした。

「このびん、なんど見《み》ても、きれいだわ」

オーキが、ふりかえってさけんだ。

「ジャック、アニー、早《はや》く来《こ》いよ！」

ジャックが、こたえた。

「すぐ行《い》くから、先《さき》に行《い》ってて！」

そのあいだに、アニーが、びんのふたを開《あ》けた。

手《て》のひらに中身《なかみ》をぜんぶ出《だ》して、ゆっくりと、ねがいをとなえる。

「ここにいる人《ひと》たちの記憶《きおく》から、わたしたちのことが、消《き》えますように！」

そして、銀色《ぎんいろ》の粉《こな》を、空中《くうちゅう》に飛《と》ばした。

粉《こな》は、キラキラ光《ひか》る雪《ゆき》の結晶《けっしょう》のように、通《とお》りや家々《いえいえ》の上《うえ》に飛《と》んでいったかと思《おも》うと、朝《あさ》の光《ひかり》の中《なか》に消《き》えていった。

コートのポケットにびんをもどすと、アニーが言《い》った。

「任務完了《にんむかんりょう》！」

「うん。任務完了《にんむかんりょう》だ」

ジャックとアニーは、集《あつ》まっている人々《ひとびと》のほうへ、ぶらぶらと歩《ある》いていった。

オーキとおじさんが、ちらっとこちらを見《み》たが、すぐに病院《びょういん》の中《なか》へはいっていった。

グンナー・カーセンも、ジャックたちのほうに視線《しせん》を向《む》けたが、カメラマンに声《こえ》をかけられると、そちらを向《む》いてしまった。

「うん。魔法《まほう》は、ちゃんときいたみたいだ」と、ジャック。

「そうね……。ちょっとさびしいけど」

新聞記者《しんぶんきしゃ》が、市長《しちょう》にインタビューしている。

「市長《しちょう》。いまの気《き》もちを、おしえてください」

「正直《しょうじき》、ほっとしています。これで、ジフテリアの広《ひろ》がりを止《と》めることができました。この町《まち》で、もうこれ以上《いじょう》、死者《ししゃ》が出《で》ることはないでしょう」

「今回《こんかい》の血清運搬《けっせいうんぱん》リレーのいちばんのヒーローは、だれだと思《おも》いますか？」

市長《しちょう》は、きっぱりとこたえた。

「言《い》うまでもなく、この大事業《だいじぎょう》をやりとげてくれた二十人《にじゅうにん》のマッシャーと、百五十頭《ひゃくごじっとう》のそり犬《いぬ》たちです。通常《つうじょう》なら二十五日《にじゅうごにち》かかる道《みち》のりを、たった五日半《いつかはん》で完走《かんそう》したのですから。しかも、れい下《か》五十度《ど》にも達《たっ》する寒《さむ》さと、この冬《ふゆ》いちばんの猛吹雪《もうふぶき》におそわれながら……。彼《かれ》らの使命感《しめいかん》に、心《こころ》から感謝《かんしゃ》します」

記者《きしゃ》たちは、市長《しちょう》の話《はなし》をメモすると、すぐに、グンナー・カーセンに顔《かお》を向《む》けた。

「カーセンさん、おつかれのところ、すみません。カーセンさんは、猛吹雪《もうふぶき》の中《なか》、夜《よ》を徹《てっ》して走《はし》ったわけですが、どんなことをお考《かんが》えでしたか？」

グンナー・カーセンがこたえた。

「ただただ、夢中《むちゅう》でした。一刻《いっこく》も早《はや》く血清《けっせい》を届《とど》けたい、その一心《いっしん》で」

「ポート・セーフティで、どうしてエド・ローンにバトンタッチしなかったんですか？」

「わたしがポート・セーフティの休憩所《きゅうけいじょ》に着《つ》いたとき、エドは、眠《ねむ》っていました。吹雪《ふぶき》のために、わたしの到着《とうちゃく》がおくれると思《おも》ったようです。それからエドがそりの用《よう》意《い》をする時間《じかん》を考《かんが》えたら、わたしがそのまま行《い》ってしまったほうが早《はや》いと思《おも》いました。まだ余力《よりょく》もあったし、天候《てんこう》も回復《かいふく》してきていたので……」

「最後《さいご》の八十五キロを走《はし》りきれた要因《よういん》は？」

「それは、もちろん、犬《いぬ》たちのおかげです。とくに、リード犬《けん》のバルトには、なんど助《たす》けられたか……。猛吹雪《もうふぶき》の中《なか》では、まったくまえが見《み》えない状態《じょうたい》でしたから。バルトがいなかったら、わたしもほかの犬《いぬ》たちも、どうなっていたかわかりません」

それを聞《き》いた人々《ひとびと》のあいだに、「おおー」というどよめきがおこった。

「途中《とちゅう》、そりが横転《おうてん》して、血清《けっせい》を失《うしな》いかけたそうですが」

「そうなんです。突風《とっぷう》にそりごと吹《ふ》きとばされて、血清《けっせい》の筒《つつ》が、雪《ゆき》に埋《う》まってしまいました。そのときも、バルトが見《み》つけてくれました……」

ジャックが、アニーにささやいた。

「そろそろ、行《い》こうか」

「そうね」

ふたりは、町《まち》はずれに向《む》かって歩《ある》きだした。

が、すぐに、アニーが立《た》ちどまった。

「お兄《にい》ちゃん、待《ま》って！　もう一《ひと》つ、やることがあったわ」

そう言《い》うと、ふたたび病院《びょういん》のほうへかけだしていった。

ジャックが追《お》いかけていくと、アニーは、そり犬《いぬ》たちのまえに立《た》っていた。

突然《とつぜん》、バルトが、ワン！とほえて、アニーに飛《と》びついてきた。

アニーは、ひざをついて、バルトをぎゅっと抱《だ》きしめた。

すると、バルトはうれしそうに、アニーの顔《かお》をぺろぺろなめた。

グンナー・カーセンがそれに気《き》づき、「バルト！　ノー！」とたしなめた。

バルトは、アニーからはなれたが、アニーをじっと見《み》つめている。

アニーは、バルトの頭《あたま》をなでながら、耳《みみ》もとでなにか言《い》うと、静《しず》かにバルトのそばをはなれた。その目《め》には、涙《なみだ》が浮《う》かんでいた。

人垣《ひとがき》を出《で》たところで、アニーが言《い》った。

「お兄《にい》ちゃん！　バルトは、わたしのことを覚《おぼ》えていてくれたわ！　どうして？　銀《ぎん》の粉《こな》をまいたのに……」

「アニー。さっき、銀《ぎん》の粉《こな》を飛《と》ばしたとき、なんてねがった？」

「『ここにいる人《ひと》たちの記憶《きおく》から……』あっ、そうか！　バルトは『人《ひと》』じゃないから、魔法《まほう》がかからなかったのね！　よかった！」

アニーに、笑顔《えがお》がもどった。

HOSPITAL

ふたりは、中央通《ちゅうおうどお》りを抜《ぬ》けて、町《まち》はずれへと向《む》かった。

それから、凍《こお》った小川《おがわ》にそって歩《ある》き、橋《はし》をわたって、雪原《せつげん》へはいっていった。

そこに立《た》つモミの木《き》に、マジック・ツリーハウスがのっている。

ジャックとアニーは、手《て》ぶくろを取《と》って、ツリーハウスにのぼった。

窓《まど》から外《そと》を見《み》ると、まっ白《しろ》な雪原《せつげん》が太陽《たいよう》の光《ひかり》を反射《はんしゃ》して、目《め》を開《あ》けていられないほどまぶしい。

「ゆうべの吹雪《ふぶき》が、うそみたいね」アニーが言《い》った。

ジャックが、アニーにたずねた。

「さっき、バルトとわかれるとき、バルトになんて言《い》ったんだい？」

アニーは、「べつに。ただ『さよなら、バルト』って、言《い》っただけよ」とこたえて、目《め》をふせた。

ジャックは、（アニーのことだ。もっといろいろ話《はな》しただろうな）と思《おも》ったが、それ以上《いじょう》なにも言《い》わなかった。

ふたりは、しばらくノームの町《まち》をながめていた。

「オーキのお母《かあ》さんと妹《いもうと》は、よくなったかしら」

「早《はや》くよくなるといいね」

「おじさんのけがもね」

「そうだね。……さあ、そろそろ帰《かえ》ろうか」

「うん」

アニーが、ペンシルベニア州《しゅう》のガイドブックを手《て》に取《と》った。

フロッグクリークの森《もり》の写真《しゃしん》を指《ゆび》さして、呪文《じゅもん》をとなえる。

「ここへ、帰《かえ》りたい！」

そのとたん、風《かぜ》が巻《ま》きおこった。

ツリーハウスが、いきおいよくまわりはじめた。

回転《かいてん》は、どんどんはやくなる。

ジャックは思《おも》わず目《め》をつぶった。

やがて、なにもかもが止《と》まり、静《しず》かになった。

なにも聞《き》こえない。

プレゼント

ジャックは、ほおにあたたかい風《かぜ》を感《かん》じて、目《め》を開《あ》けた。金《きん》の粉《こな》と銀《ぎん》の粉《こな》を持《も》って、冒険《ぼうけん》に出《で》かけた時間《じかん》のままだ。

アニーが、思《おも》わずつぶやいた。

「ああ、ここはあったかくって、いい気《き》もち！」

「うん。アラスカは、ほんとに寒《さむ》かったね」

ジャックは、ジーンズのポケットに手《て》を入《い》れた。

片方《かたほう》のポケットに、金色《きんいろ》の小《こ》びんがはいっていた。もう片方《かたほう》のポケットには、アラスカの本《ほん》。二《ふた》つをポケットから出《だ》して、棚《たな》の上《うえ》においた。

アニーも、パーカのポケットから、まっ青《さお》に光《ひか》るびんを取《と》りだし、金色《きんいろ》のびんのとなりに並《なら》べた。

それから、ふたりでなわばしごをおりた。

地面《じめん》におりると、ジャックが言《い》った。

「暗《くら》くなってきて、あぶないから、自転車《じてんしゃ》はおして帰《かえ》ろう」

ふたりは、落《お》ち葉《ば》の上《うえ》を、自転車《じてんしゃ》をおしながら歩《ある》いた。

ジャックが、話《はな》しはじめた。

「こんどの冒険《ぼうけん》も楽《たの》しかったね」

「犬《いぬ》ぞりの名《めい》マッシャーにもなれたし」

「ぼくは、凍《こお》った海《うみ》に落《お》ちて、凍傷《とうしょう》になりかかったけど」

「雪《ゆき》だまりにつっこんで、雪《ゆき》だるまにもなったわ」

「あははは……。それにしても、ハスキー犬《けん》はすごいね。あの寒《さむ》さにたえられて」

「勇敢《ゆうかん》で頭《あたま》がよくて」

「エドさんが、犬《いぬ》は、マッシャーがまちがった指示《しじ》を出《だ》したら、『ちがうんじゃないの？』っていう顔《かお》をするって、言《い》ってたね」

「想像《そうぞう》したら、笑《わら》っちゃった」

「リード犬《けん》は、ほんとうに危険《きけん》なときは、マッシャーの命令《めいれい》を無視《むし》してでも、マッシャーを助《たす》ける、っていう話《はなし》……。ほんとかなと思《おも》ったけど、いまは信《しん》じられるよ」

そのとき――

やぶの中《なか》から、動物《どうぶつ》の鳴《な》き声《ごえ》が聞《き》こえた。

キャン！

「えっ、なに？」

「なんだろう……」

キャン！

また聞《き》こえた。

「子犬《こいぬ》の鳴《な》き声《ごえ》じゃない？　近《ちか》くに、子犬《こいぬ》がいるのよ」

「まさか。犬《いぬ》の話《はなし》をしてたから、そう思《おも》うんじゃないか？」

キャン、キャン！

「ほら！　ぜったいに子犬《こいぬ》の声《こえ》よ」

アニーが、自転車《じてんしゃ》を止《と》め、しゃがみこんで、声《こえ》の主《ぬし》をさがしはじめた。

「どこにいるの？　出《で》ておいで」

キャン！　キャン、キャン、キャン！

「ああ、そこにいたのね。こっちにおいで!」

アニーが、草《くさ》の中《なか》に手《て》をのばした。

立《た》ちあがったアニーの腕《うで》には、黒《くろ》っぽい毛色《けいろ》の子犬《こいぬ》が抱《だ》かれていた。

「お兄《にい》ちゃん、見《み》て!」

ジャックがなでようとすると、子犬《こいぬ》がその手《て》をぺろぺろとなめた。

「わあっ、べちゃべちゃだ!」

ジャックが笑《わら》いながら言《い》った。

「まさか、この子犬《こいぬ》、テディが変身《へんしん》したんじゃないだろうね?」

「あははは……、ずっとまえに、そんな事件《じけん》があったわね。——ねえ、お兄《にい》ちゃん。わたしの自転車《じてんしゃ》も、おしていってくれる?」

そう言《い》うと、アニーは子犬《こいぬ》を抱《だ》いて、先《さき》に行《い》ってしまった。

ジャックは、右手《みぎて》で自分《じぶん》の自転車《じてんしゃ》、左手《ひだりて》でアニーの自転車《じてんしゃ》をおしながら、よろよろと歩《ある》きだした。

通《とお》りに出《で》ると、アニーが街灯《がいとう》の下《した》で待《ま》っていた。

「お兄《にい》ちゃん、この子《こ》、なんだかバルトに似《に》てない？」

ジャックは、子犬《こいぬ》に顔《かお》をよせて、よく観察《かんさつ》した。

子犬《こいぬ》は、すきとおったガラス玉《だま》のような、茶色《ちゃいろ》い目《め》をしていた。

「ほんとだ。かわいいなあ！」

頭《あたま》をなでると、子犬《こいぬ》の毛《け》はやわらかく、あたたかかった。

「うちにつれて帰《かえ》って、エサとお水《みず》をあげなくちゃ」

アニーが、犬《いぬ》を抱《だ》いたまま、歩《ある》きだした。

ジャックは、二台《にだい》の自転車《じてんしゃ》をおしながら、あとをついていった。

「その子犬《こいぬ》、種類《しゅるい》はなんだろう？」

「きっと、ミックスよ」アニーが、ふりかえってこたえた。

「雑種《ざっしゅ》っていうこと？　なにと、なにの？」

「えーと……、セントバーナードと、ハスキーと、テリアのミックス！」

ジャックが笑《わら》って言《い》った。

「そんなミックス、いるかなあ」

「いなくてもいいの。それで、大型犬《おおがたけん》と、中型犬《ちゅうがたけん》と、小型犬《こがたけん》を、飼《か》ったことになるもん！」

「なるほど。そりゃいい考《かんが》えだ。アニーは、その子犬《こいぬ》を飼《か》うつもりなのかい？」

「うん」

「でも、パパとママに聞《き》かなきゃだめだぞ」

「パパもママも、きっと、いいって言《い》ってくれるわよ。だって、まえから、ちょうどいい犬《いぬ》がいたら飼《か》ってもいいよ、って言《い》ってくれてたから。この子《こ》ほど、ちょうどいい犬《いぬ》はいないわ」

「でも、迷子《まいご》っていうこともあるぞ。いまごろ、飼《か》い主《ぬし》がさがしているかも」

「この子《こ》、ぜったい迷子《まいご》じゃないわ。わたしにはわかる」

「どうして？」

「わたしの勘《かん》よ。この子《こ》はね……」

アニーが、子犬《こいぬ》の頭《あたま》を、いとおしそうになでた。

「モーガンとマーリンが、わたしたちにくれたプレゼントだと思《おも》うの。森《もり》で、わたしたちが帰《かえ》ってくるのを待《ま》ってたのよ。ね、そうよね？」

　アニーが、子犬《こいぬ》の顔《かお》をのぞきこんだ。

キャン！

　子犬《こいぬ》が、ひと声《こえ》鳴《な》いて、アニーの鼻《はな》の頭《あたま》をぺろっとなめた。

　ジャックが笑《わら》って言《い》った。

「アニーの勘《かん》は、あたるからなあ！」

　ふたりは、家《いえ》の前《まえ》に着《つ》いた。

　ジャックが、自転車《じてんしゃ》を止《と》めて言《い》った。

「子犬《こいぬ》の名《な》まえはどうする？」

「そうねえ……」

　アニーは、しばらく考《かんが》えていたが、ぱっと顔《かお》をあげた。

「オーキ、っていうのはどう？」

「それは、人《ひと》の名《な》まえじゃないか」

「そうよ！」

JACK

「すごくいい名《な》まえじゃない？　この子《こ》の名《な》まえを呼《よ》ぶたびに、アラスカを思《おも》いだすわ。バルトや、ジョーや、ほかのハスキー犬《けん》が、楽《たの》しそうに人間《にんげん》たちと暮《く》らしていたアラスカを……」

ジャックが玄関《げんかん》のドアを開《あ》け、アニーに、先《さき》にはいるよううながした。

子犬《こいぬ》を抱《だ》いたアニーが、家《いえ》の中《なか》へかけこんだ。

「ただいま！　ねえ、パパ、ママ、聞《き》いて！　すてきなニュースがあるの！」

お話《はなし》のふろく——走《はし》れ犬《いぬ》ぞり、命《いのち》を救《すく》え！

アラスカ州《しゅう》ノーム

アラスカは、アメリカ合衆国《がっしゅうこく》の一部《いちぶ》です。アメリカのほかの州《しゅう》とははなれていて、アメリカ大陸《たいりく》の北西《ほくせい》のはずれにあります。一九五九年《ねん》に、正式《せいしき》に州《しゅう》になりました。

このお話《はなし》の舞台《ぶたい》であるノームの町《まち》は、アラスカの西海岸《にしかいがん》にあり、一年《いちねん》じゅう地面《じめん》の下《した》の氷《こおり》がとけない永久凍土《えいきゅうとうど》（ツンドラ）地帯《ちたい》にあります。

ノームの住民《じゅうみん》の約半数《やくはんすう》は、シベリアからこの地《ち》にうつってきた先住民《せんじゅうみん》の子孫《しそん》ですが、金鉱掘《きんこうほ》りでさかえたころ、ヨーロッパからやってきた白人《はくじん》もたくさんいます。お話《はなし》に出《で》てくるグンナー・カーセンやレオナード・セッパラも、そのころ、ノルウェーから移民《いみん》してきました。

ノームへの血清《けっせい》リレー

一九二五年《ねん》、ノームのジフテリア患者《かんじゃ》を救《すく》うために、大吹雪《おおふぶき》の中《なか》、犬《いぬ》ぞりのリレーで血清《けっせい》を運《はこ》んだ話《はなし》は、後《のち》に〈一九二五年《ねん》のノームへの血清《けっせい》リレー〉、あるいは〈慈悲《じひ》の大《だい》レース〉と呼《よ》ばれ、感動的《かんどうてき》なエピソードとして、世界《せかい》じゅうに伝《つた》えられました。

このリレーでは、グンナー・カーセンのほか十九人《じゅうきゅうにん》のマッシャーと、百五十頭《ひゃくごじっとう》のそり犬《いぬ》たちが、寒《さむ》さや大吹雪《おおふぶき》とたたかいながら、それぞれの区間《くかん》を必死《ひっし》で走《はし》りました。凍傷《とうしょう》になったマッシャーや、寒《さむ》さで走《はし》れなくなった犬《いぬ》もたくさんいました。

もうひとりのヒーロー——レオナード・セッパラと、リード犬《けん》トーゴー

この血清輸送《けっせいゆそう》は、当初《とうしょ》、出発地点《しゅっぱつちてん》のネナナと、終点《しゅうてん》のノームから、それぞれ犬《いぬ》ぞりチームが出発《しゅっぱつ》し、まん中《なか》のヌーラトで出会《であ》って血清《けっせい》を受《う》けわたす、という計画《けいかく》でした。

そして、ノーム側《がわ》から出発《しゅっぱつ》したのが、だれもが認《みと》めるベテラン・マッシャーのレオナード・セッパラでした。リード犬《けん》は、名犬《めいけん》トーゴーです。

しかし、セッパラが出発《しゅっぱつ》したあと、血清輸送《けっせいゆそう》は、全行程《ぜんこうてい》をいくつもの区間《くかん》に区切《くぎ》り、それぞれの区間《くかん》を一《ひと》つのチームが走《はし》ってつなぐリレー方式《ほうしき》に、変更《へんこう》になりました。吹雪《ふぶき》がはげしさをますなか、血清《けっせい》を一刻《いっこく》も早《はや》く、確実《かくじつ》に運《はこ》ぶためです。

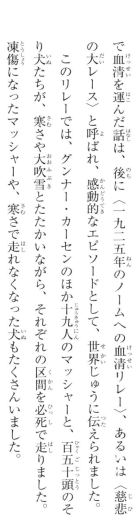

そうとは知《し》らないセッパラは、ノームを出《で》て四日《よっか》めの夜中《よなか》、ある犬《いぬ》ぞりチームと行《い》きあいました。すれちがおうとしたセッパラに、相手《あいて》のマッシャーがさけびました。

「血清《けっせい》だ！　血清《けっせい》だよ！　おれが持《も》ってる！」

話《はなし》を聞《き》いたセッパラは、血清《けっせい》を受《う》けとると、すぐに、来《き》た道《みち》を引《ひ》きかえしました。

セッパラが担当《たんとう》した区間《くかん》には、とくに危険《きけん》な場所《ばしょ》が二《に》か所《しょ》ありました。一《ひと》つは、入《い》り江《え》をまわらず、凍《こお》った海《うみ》をつっきる近道《ちかみち》です。凍《こお》った海《うみ》の上《うえ》には道《みち》がありません。一歩《いっぽ》まちがえば、凍《こお》った海《うみ》に落《お》ちる危険《きけん》がありました。しかしセッパラは、トーゴーを信《しん》じて、近道《ちかみち》を選《えら》びました。そして、もう一《ひと》つは山越《やまご》えです。山越《やまご》えではホワイトアウトにあいましたが、そこもトーゴーが導《みちび》いてくれました。

セッパラは、ノームからの二七〇キロと合《あ》わせて合計《ごうけい》四一〇キロという、だれよりも長《なが》い距離《きょり》を、だれよりもはやく走《はし》り、血清《けっせい》をつぎのマッシャーにリレーしたのです。

それから、疲《つか》れきった犬《いぬ》たちを休《やす》ませたあと、ノームにもどりました。

小型飛行機《こがたひこうき》の性能《せいのう》があがり、雪上車《せつじょうしゃ》が一般的《いっぱんてき》になると、人《ひと》や物《もの》の輸送《ゆそう》には、飛行機《ひこうき》や自動車《じどうしゃ》が使《つか》われるようになり、犬《いぬ》ぞりは、しだいに数《かず》がへっていきました。

しかし、一九六七年《ねん》、犬《いぬ》ぞりの文化《ぶんか》を守《まも》ろうと、かつての郵便運搬用《ゆうびんうんぱんよう》トレイル〈アイディタロッド・トレイル〉の一部《いちぶ》を使《つか》った犬《いぬ》ぞりレースが行《おこな》われました。一九七三年《ねん》には、トレイルの全行程《ぜんこうてい》を走《はし》る長距離《ちょうきょり》レースが実現《じつげん》しました。これが、有名《ゆうめい》な〈アイディタロッド犬《いぬ》ぞりレース〉です。

現在《げんざい》は、毎年《まいとし》三月《がつ》、アンカレッジをスタートし、途中《とちゅう》から一九二五年《ねん》の血清《けっせい》リレーで使《つか》われたルートを通《とお》ってノームにいたる一六〇〇キロのコースで、レースが行《おこな》われています。この距離《きょり》を、マッシャーひとりが走《はし》りぬくという、過酷《かこく》なレースです。ときには、一九二五年《ねん》の血清《けっせい》リレーと同《おな》じように、れい下《か》なん十度《じゅうど》という寒《さむ》さや、猛吹雪《もうふぶき》とたたかうこともあります。それでも、このレースには、世界《せかい》じゅうの犬《いぬ》ぞりチームが挑戦《ちょうせん》しています。女性《じょせい》のマッシャーもたくさんいます。

世界《せかい》には、このような過酷《かこく》な競技《きょうぎ》がたくさんあります。この本《ほん》と同時《どうじ》に発売《はつばい》される**『マジック・ツリーハウス探険《たんけん》ガイド　冒険《ぼうけん》スポーツ』**で、ぜひ調《しら》べてみてください。

たのしく読《よ》めて、世界《せかい》の

●マジック・ツリーハウス シリーズ

各巻定価：780円（+税）

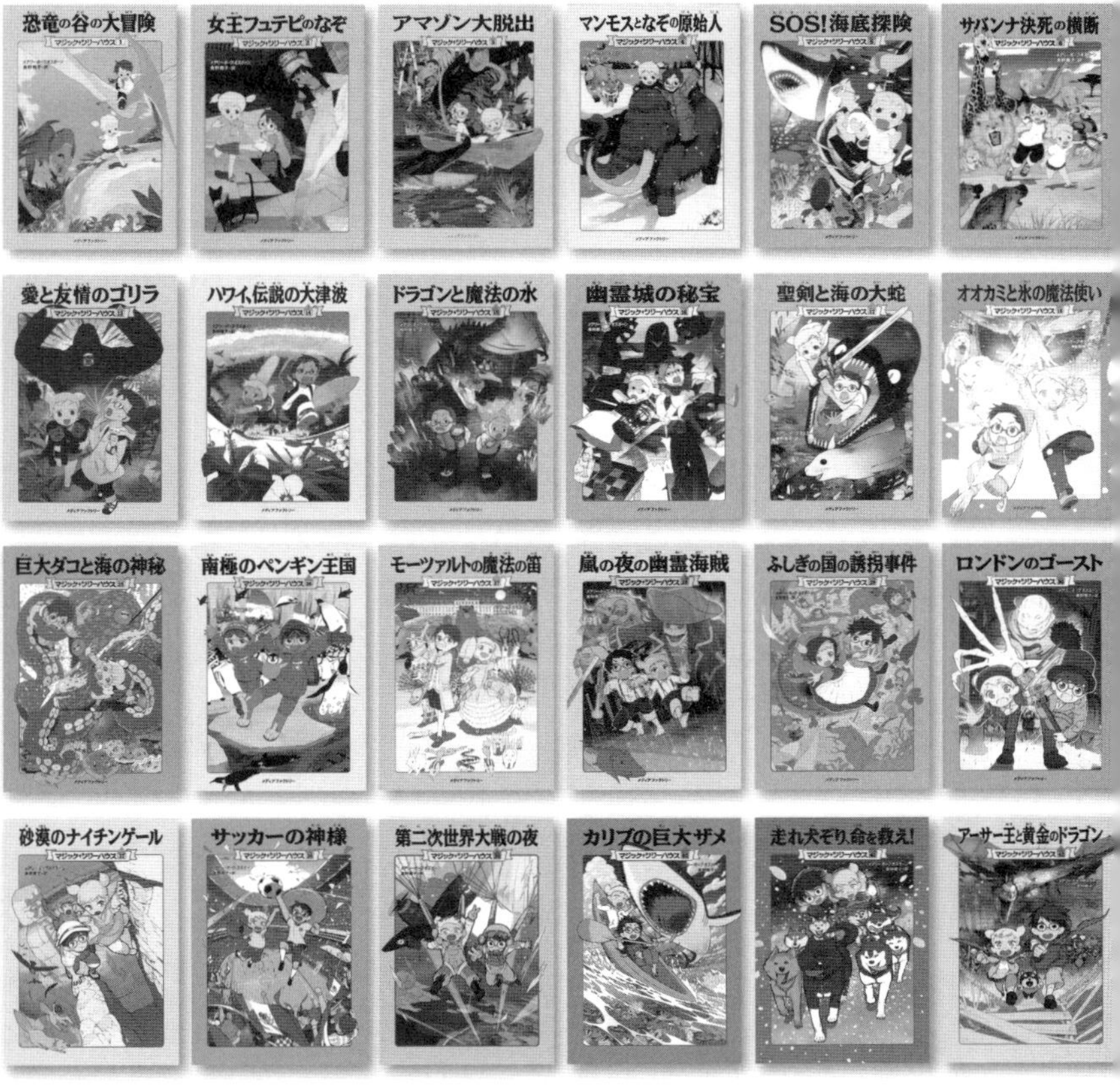

●マジック・ツリーハウス 探険ガイド シリーズ

①〜⑨巻 定価：700円（+税

⑩〜⑬巻 定価：780円（+税

来日中の著者

著者：メアリー・ポープ・オズボーン

ノースカロライナ大学で演劇と比較宗教学を学んだ後、世界各地を旅し、児童雑誌の編集者などを経て児童文学作家となる。以来、神話や伝承物語を中心に100作以上を発表し、数々の賞に輝いた。また、アメリカ作家協会の委員長を2期にわたって務めている。コネティカット州在住。

マジック・ツリーハウス・シリーズは、1992年の初版以来、2016年までに55話のストーリーが発表され、いずれも、全米の図書館での貸し出しが順番待ちとなるほどの人気を博している。現在、イギリス、フランス、スペイン、中国、韓国など、世界37か国で翻訳出版されている。2016年、ハリウッドでの実写映画化が発表され、製作総指揮として参加することが決まっている。

訳者：食野雅子（めしのまさこ）

国際基督教大学卒業後、サイマル出版会を経て翻訳家に。4女の母。小説、写真集などのほかに、ターシャ・テューダー・シリーズ「暖炉の火のそばで」「輝きの季節」「コーギビルの村まつり」「思うとおりに歩めばいいのよ」や「ガフールの勇者たち」シリーズ（以上KADOKAWAメディアファクトリー）など訳書多数。

マジック・ツリーハウス 41

走れ犬ぞり、命を救え！

2016年11月18日　初版　第1刷発行
2024年 9 月30日　　　　第5刷発行

著　者　メアリー・ポープ・オズボーン
訳　者　食野雅子
発行者　山下直久
発行所　株式会社KADOKAWA
〒102-8177 東京都千代田区富士見2-13-3
電話:0570-002-301（ナビダイヤル）

印刷・製本　株式会社 広済堂ネクスト

●お問い合わせ
https://www.kadokawa.co.jp/（「お問い合わせ」へお進みください）
※内容によっては、お答えできない場合があります。
※サポートは日本国内のみとさせていただきます。
※Japanese text only

定価はカバーに表示してあります。

ISBN 978-4-04-105019-4 C8097　　N.D.C.933　160p　18.8cm
Printed in Japan

イラスト　甘子彩菜
装　丁　郷坪浩子
DTPデザイン　出川雄一
協　力　松尾葉月
編　集　豊田たみ